As primas

F✷SF✷R✷

AURORA VENTURINI

As primas

Prefácio por
MARIANA ENRIQUEZ

Tradução do espanhol por
MARIANA SANCHEZ

2ª reimpressão

Prefácio

Fazia frio, ou é o que minha memória pouco confiável recorda. Eu estava lendo na cama, uma xícara de café na mesa de cabeceira e, por todo o chão do apartamento, originais encadernados do prêmio Nueva Novela do jornal *Página/12*, para o qual trabalhei como pré-jurada em 2007. O original de *As primas* era muito diferente dos outros. Tinha sido escrito numa máquina de escrever — na época, isso já era excepcional — e, para os erros de datilografia, o autor tinha usado um corretor líquido que, em certas frases, espalhava-se por cima de palavras corretas, mas tudo bem, dava para entender. O encontro com a narradora de *As primas* foi impactante. A sintaxe radical que evitava a pontuação porque "cansava", a brutalidade na exposição das desgraças dos personagens, a inusitada falta de compaixão para descrever uma família. "Não éramos comuns, para não dizer que não éramos normais", diz Yuna, a narradora, uma jovem com problemas cognitivos (Aurora jamais usaria um termo tão correto: diria que Yuna é *retardada*), cuja irmã Betina, em uma cadeira de rodas, muda, tem uma deficiência física e mental profunda e deve ser atendida, às vezes, numa clínica especial. Um cotolengo, prefere Yuna, que é para onde costumam ir casos extremos como os de sua irmã. Foi a cena do cotolengo que me impactou suficientemente para dizer, quase em voz alta: "Mas o que é isso? Quem escreveu este livro? O que é que ele está contando?". Eis a cena em questão:

> Enquanto esperava a aula de Betina terminar, eu passeava pelos corredores daquele sabá. Vi um sacerdote entrar acompanhado do acólito. Alguém tinha entregado o lençol, a alma. O padre aspergia dizendo se você tem alma, que Deus te receba em seu seio.
> Para que ou para quem ele dizia aquilo?
> Me aproximei e vi uma família importante de Adrogué. Em cima de uma mesa e em cima de um pano de seda eu vi um canelone. Só que não era um canelone mas sim uma coisa expelida por matriz humana, do contrário o padre não batizaria.
> Sondei e uma enfermeira me contou que todo ano o distinto casal trazia um canelone para batizar. Que o doutor lhe aconselhara a não parir já porque aquilo não tinha remédio. E que eles disseram que, por serem muito católicos, não deviam deixar de procriar. Apesar da minha deficiência, classifiquei a coisa de nojeira mas não podia dizer isso. Naquela noite não pude comer de nojo.

Terminei o romance e acho que no dia seguinte liguei imediatamente para Liliana Viola, outra das pré-juradas, e falei com ela sobre minha estranheza, minha confusão, meu assombro. O romance era genial? Seria talvez o risco do texto, a excentricidade, a sensação de que nada semelhante estava sendo publicado, seria a voz vinda de um lugar desconhecido? Quem poderia ser o autor ou a autora? Liliana também tinha lido *As primas* e estava na mesma, entre o fascínio e o desconcerto. Acho que ambas soubemos que, se o júri entendesse a radicalidade daquela história e daquele texto, ele poderia ganhar. E ganhou.

Aurora Venturini tinha 85 anos quando ganhou o prêmio Nueva Novela, organizado pelo jornal *Página/12*. Na cerimônia de entrega, apareceu com uma atitude punk, o corpo magro, a cara insólita, com uma expressão entre o deboche e a candura — para além do gume malvado dos seus olhos pequenos, escuros, escrutinadores —, e disse: "Finalmente um júri honesto". Ela tinha dezenas de livros já publicados. Era peronista, amiga de Evita, estivera exilada em Paris depois do golpe de 1955 e, na França, foi amiga de Violette Leduc e conheceu os existencialistas. As lendas são muitas, amontoam-se, e ela se encarregou de fazê-las crescer em vida: Aurora via fantasmas desde criança; foi amiga de Victoria Ocampo e de Borges quando morou em Buenos Aires (por dezessete anos — o resto de sua vida ela passou em La Plata); era grafomaníaca; teve aranhas de estimação; quando caiu da cama e foi internada, a ossatura inteira quebrada, visitou o inferno e dali em diante virou amiga de um padre exorcista. O que era mentira e o que era fato não tinha a menor importância, entre outras coisas, porque ali estava a verdade dos seus livros, a maioria publicados em editoras independentes ou vencedores de prêmios municipais, todos peculiares e obcecados por um único tema: a família.

As primas é uma história de família e de mulheres. É, dizia Aurora, uma história autobiográfica. "Não sou muito família, nunca fui, mas sempre acabo escrevendo sobre a minha, ou sobre famílias", explicava. "Meus seres são todos monstruosos. Minha família era muito monstruosa. É o que conheço. E não sou muito comum. Sou uma entidade estranha que só quer escrever. Não sou sociável. A única vez que me reúno com alguém é no dia 24 de dezembro." *As primas* é o monólogo contado por uma idiota, mas não tão cheio de fúria: na verdade é cheio de desassossego e, principalmente, de nojo. Os homens da família estão ausentes;

os personagens masculinos que aparecem são abusadores e destroçam os corpos dessas mulheres vulneráveis com a indiferença de vilões menores. A história transcorre nos anos 1940: a mãe é professora "de régua na mão", um papel de prestígio para uma mulher, mas também um dos únicos possíveis. Yuna consegue deixar a casa, pelo menos mentalmente, porque é pintora, tem talento e é ajudada por um professor que a convence a estudar belas-artes e expor sua obra. No entanto, está para sempre unida aos corpos sofredores das mulheres da família, sua tia Nené, suas primas Carina e Petra, a plácida Rufina, à escuridão daquela casa de subúrbio onde tudo é triste e Betina, a irmã, passeia vrum-vrum em sua cadeira de rodas, babando. "[...] pintei as sombras que não pude evitar pois carrego dentro de mim tantas sombras que quando me angustiam (idem) eu as expulso em cima das minhas pinturas." Esse "idem" significa que a aparição da palavra anterior ("angustiam", nesse caso) é resultado de uma busca no dicionário, porque Yuna não tem um vocabulário vasto e escreve contra a linguagem, contra as convenções da escrita, com o que lhe resta de uma oralidade precária. É com essa precariedade que ela conta a iniciação não só de Yuna, mas das outras garotas, todas menosprezadas e usadas. A primeira a sofrer o abuso é Carina, uma das primas: ela fica grávida do vizinho (um "batateiro": que vende verduras) e tia Nené decide que ela deve abortar. Não há muitos abortos na literatura argentina, e esse descreve com precisão o desamparo da clandestinidade:

> Veio a doutora que não parecia doutora de tão ordinária. Perguntou qual era a paciente e de quantos meses estava então tia Nené respondeu que de três e uns quebrados e eu entendi por que dizem que os filhos são a riqueza do pobre, mas parece que tia Nené que não comia todos os dias por falta de dinheiro não perdoava o bebê nem pelos trocados que traria.

A doutora disse entre e Carina entrou tremendo, a tia perguntou se ela também podia e a doutora disse que não e fechou a porta que dava para nós.

Os choques metálicos dos instrumentos ficaram mais aguçados.

O drama de Carina não termina bem, mas não contaremos mais aqui. Apenas que Petra, a irmã de Carina, uma jovem liliputiana que trabalha como prostituta desde a adolescência, se vingará. As primas Yuna e Petra são aliadas e tentam romper a cadeia de abusos que também sofreram, mas nada é suficiente neste romance pessimista e brutal, sem heroínas claras, um romance de mulheres extremas, enfermas, obsessivas, maltratadas. Aurora Venturini estava fascinada pelo humor sombrio, a crueldade, a monstruosidade: considerava-se anômala e acreditava numa literatura deformada, lúdica também, porque *As primas* é um romance para rir em voz alta diante das provocações e decisões insólitas. Corpos no limite, escrita jorrando como sangue. Com *As primas*, Aurora Venturini conseguiu a notoriedade que buscou durante toda a sua vida e a desfrutou como sabia fazer: mostrando suas cicatrizes de mulher monstra que criou a si própria com debochada lucidez.

MARIANA ENRIQUEZ

Primeira parte

A infância deficiente*

Minha mãe era professora daquelas de régua na mão, de guarda-pó branco e muito severa mas lecionava bem numa escola suburbana frequentada por crianças de classe média para baixo e não muito dotadas. A melhor delas era Rubén Fiorlandi, filho do quitandeiro. Minha mãe exercitava a régua na cabeça dos que se achavam engraçadinhos e os mandava para o canto da sala com orelhas de burro feitas de papelão vermelho. Raramente um peralta reincidia. Minha mãe dizia que só se aprende na base da pancada. No terceiro ano, a chamavam de "senhorita do terceiro" apesar de já ser "senhora" casada com meu pai, que a abandonou e nunca mais voltou para cumprir com as obrigações de *pater familiae* em casa. Ela assumia tarefas docentes no turno da manhã e voltava às duas da tarde. A comida já estava pronta porque Rufina, a escurinha muito sensata que trabalhava de doméstica, sabia cozinhar. Eu estava cansada de comer ensopado todo dia. Nos fundos cacarejava um galinheiro que nos dava de

* Em 4 de dezembro de 2007, o júri composto por Juan Ignacio Boido, Juan Forn, Rodrigo Fresán, Alan Pauls, Sandra Russo, Guillermo Saccomanno e Juan Sasturain concedeu o prêmio Nueva Novela do jornal *Página/12* e do Banco Provincia a *As primas*, inscrito sob o pseudônimo de Beatriz Portinari.

comer e na chacrinha brotavam abóboras milagrosamente douradas, sóis despencados e submersos na terra desde alturas celestiais, crescendo ao lado de violetas e roseirais raquíticos que ninguém cuidava e insistiam em exalar uma nota perfumada naquele marnel miserável.

Nunca confessei que só aprendi a ler as horas nos relógios de ponteiro aos vinte anos. Essa confissão me envergonha e surpreende. Me envergonha e surpreende pelo motivo que vocês depois vão saber de mim e muitas perguntas me vêm à memória. Principalmente a pergunta: que horas são? A bem da verdade, eu não sabia as horas e o movimento dos ponteiros me assustava como o girar das rodas da cadeira ortopédica da minha irmã.

Ela sim, mais cretina do que eu, sabia ler os ponteiros dos relógios embora ignorasse como ler nos livros. Não éramos comuns, para não dizer que não éramos normais.

Vrum-vrum-vrum... murmurava Betina, minha irmã passeando sua desgraça pelo jardinzinho e pelos pátios de lajota. O vrum costumava ficar empapado nas babas da boba que babava. Coitada da Betina. Erro da natureza. Coitada de mim, erro também e mais ainda minha mãe, que carregava esquecimentos e monstros.

Mas tudo passa neste mundo imundo. Por isso não faz sentido se afligir demais por nada nem ninguém.

Às vezes penso que somos um sonho ou um pesadelo realizado dia após dia que a qualquer momento não será mais, que não aparecerá mais no telão da alma para nos atormentar.

Betina sofre de um mal anímico

Esse foi o diagnóstico da psicóloga. Não sei se estou repetindo certo. Minha irmã sofria de uma cacunda vertebral, de costas e sentada parecia um bicho encurvado de perninhas curtas e braços incríveis. A velha que vinha remendar meias achava que tinham feito algum mal para a mamãe durante as duas gravidezes, ainda mais terrível durante a de Betina.

Perguntei à psicóloga, senhorita bigoduda e com sobrancelha de taturana, o que era anímico.

Ela respondeu que era uma coisa que tinha a ver com a alma, mas que eu só entenderia quando crescesse. Porém adivinhei que a alma devia ser parecida com um lençol branco dentro do corpo e que quando manchava a pessoa ficava idiota, muito como Betina e um pouquinho como eu.

Quando Betina girava em volta da mesa vrumvrumeando, comecei a observar que arrastava um rabinho que saía pela abertura entre o encosto e o assento da cadeira ortopédica e pensei comigo: deve ser a alma dela escorrendo.

Voltei a perguntar à psicóloga desta vez se a alma tinha relação com a vida e ela me disse que sim e ainda falou que, quando faltava, a pessoa morria e a alma ia pro céu se ela tinha sido boa ou pro inferno se tinha sido má.

Vrum-vrum-vrum... ela seguia arrastando a alma que a cada dia parecia mais comprida e com máculas cinzentas e deduzi que logo cairia e Betina morreria. Mas eu nem ligava porque me dava nojo.

Quando chegava a hora de comer, eu tinha que dar comida para minha irmã e errava o buraco de propósito e enfiava a colher num olho, numa orelha ou no nariz antes de chegar àquela bocarra. Ah... ah... ah... gemia a imunda infeliz.

Eu puxava ela pelos cabelos e enfiava sua cara no prato e então ela ficava quieta. Que culpa eu tinha dos erros de meus pais? Tramei pisar no seu rabo de alma. A história do inferno me reprimiu.

Eu lia o catecismo de comungar e o tal do "não matarás" tinha ficado gravado em mim a ferro e fogo. Mas um peteleco hoje, outro amanhã, faziam crescer o rabo que os outros não viam. Só eu que via e me regozijava.

Institutos para educandos diferentes

Eu empurrava Betina até o dela. Depois caminhava até o meu. No instituto de Betina tratavam casos muito sérios. O menino-porco, beiçola, trombudo e com orelhas de suíno comia num prato de ouro e tomava o caldo numa caneca de ouro. Ele agarrava a caneca com dedinhos gordos e ungulados e sorvia fazendo barulho de torrente aquosa se derramando num poço e quando comia sólidos mexia as mandíbulas, as orelhas e não conseguia morder com os caninos que eram muito salientes como os de um porco selvagem. Uma vez ele me olhou. Os olhinhos, duas bolotas inexpressivas perdidas no meio da banha, continuavam no entanto me olhando e eu mostrei a língua e ele grunhiu e jogou a bandeja no chão. Os cuidadores vieram e tiveram que acalmá-lo feito um bicho, que outra coisa ele não era.

Enquanto esperava a aula de Betina terminar, eu passeava pelos corredores daquele sabá. Vi um sacerdote entrar acompanhado do acólito. Alguém tinha entregado o lençol, a alma. O padre aspergia dizendo se você tem alma, que Deus te receba em seu seio.

Para que ou para quem ele dizia aquilo?

Me aproximei e vi uma família importante de Adrogué. Em cima de uma mesa e em cima de um pano de seda eu vi um canelone. Só que não era um canelone mas sim uma coisa expelida por matriz humana, do contrário o padre não batizaria.

Sondei e uma enfermeira me contou que todo ano o distinto casal trazia um canelone para batizar. Que o doutor lhe aconselhara a não parir já porque aquilo não tinha remédio. E que eles disseram que, por serem muito católicos, não deviam deixar de procriar. Apesar da minha deficiência, classifiquei a coisa de nojeira mas não podia dizer isso. Naquela noite não pude comer de nojo.

E minha irmã aumentava de alma o tempo todo. Fiquei feliz que papai foi embora.

O desenvolvimento

Betina tinha onze anos e eu doze. Rufina opinou já estão na idade de desenvolvimento e eu pensei que alguma coisa de dentro de mim emergiria para fora e roguei à santa Teresinha que não fossem canelones. Perguntei à psicóloga o que era desenvolvimento e ela ficou vermelha me aconselhando a perguntar para minha mãe.

Minha mãe também ficou vermelha e disse que em certa idade as meninas deixam de ser meninas para se tornarem mocinhas. Depois se calou e eu fiquei aflita.

Contei que frequentava um instituto para limitados, menos limitados que os de Betina. Uma garota disse que já estava desenvolvida. Não notei nada de diferente. Ela me contou que quando isso acontece, o meio das pernas sangra por vários dias e você não pode tomar banho e tem que usar um pano para não manchar a roupa e ter cuidado com os rapazes porque senão pode ficar grávida.

Aquela noite não consegui dormir, apalpando o lugar indicado. Mas não estava úmido então eu ainda podia conversar com os rapazes. Quando me desenvolvesse nunca mais chegaria perto de algum menino para não ficar grávida e ter um canelone ou algo do gênero.

Betina falava muito ou balbuciava e se fazia entender. Foi assim que, numa noite de reunião em família da qual não nos deixavam participar por falta de modos principalmente durante as refeições, minha irmã gritou com voz de trombone: mamãe, minha perereca tá sangrando. Estávamos no quarto ao lado do ágape. Vieram uma avó e dois primos.

Falei pros primos não se aproximarem da sangrenta porque podiam engravidá-la.

Todos saíram ofendidos e mamãe bateu em nós duas com a régua.

Fui ao meu instituto e contei que Betina estava desenvolvida apesar de ser mais nova do que eu. A professora me repreendeu. Não pode falar imoralidades em sala de aula, então me reprovou na disciplina de instrução cívica e moral. A classe se transformou num bando de alunos preocupados, principalmente as meninas que de vez em quando se apalpavam para checar possíveis umidades.

Por via das dúvidas nunca mais me juntei com rapazes.

Uma tarde, Margarita entrou radiante e disse desceu e entendemos do que se tratava.

Minha irmã abandonou a escolaridade no terceiro ano. Não dava mais para ela. Na verdade não dava mais para nenhuma das duas e eu abandonei no sexto. Sim, aprendi a ler e a escrever, com erros de ortografia, tudo sem H porque, se não se pronuncia, para que ia servir?

Eu lia dislalicamente, disse a psicóloga. Mas recomendou que com exercícios eu melhoraria e me obrigava a falar trava-línguas como O peito do pé de Pedro é preto e quem disser que o peito do pé de Pedro é preto tem o peito do pé mais preto que o peito do pé de Pedro.

Mamãe ficava assistindo e quando eu não destravava ela me dava uma reguada na cabeça. A psicóloga impediu a presença de mamãe durante O peito do pé de Pedro e eu destravei melhor, porque quando mamãe estava, para terminar depressa O peito do pé de Pedro eu errava de medo da reguada.

Betina rodava ao redor com seu vrum, abria a boca e apontava para dentro da boca porque estava com fome.

Eu não queria comer na mesa com Betina. Me dava nojo. Ela tomava a sopa do prato sem usar colher e engolia os sólidos pegando eles com as mãos. Chorava se eu insistia em alimentá-la pelo método de enfiar a colher em qualquer orifício da cara.

Compraram para Betina uma cadeira de almoçar que tinha uma mesinha acoplada e um buraco no assento para defecar e fazer xixi. No meio das refeições ela sentia vontade. O cheiro me fazia vomitar. Mamãe disse para largar mão de ser enjoada ou me internaria no Cotolengo. Eu sabia o que era o Cotolengo e desde então almocei, digamos, perfumada com o fedor do cocô da minha irmã e a chuva de xixi. Quando ela soltava traques, eu lhe dava um beliscão.

Depois de comer eu ia para o campinho.

Rufina higienizava Betina e punha ela sentada na cadeira ortopédica. A boba cochilava com a cabeça caída sobre o peito ou sobre os peitos, porque a roupa já denunciava dois morrinhos bastante redondos e provocadores porque ela estava desenvolvida antes de mim e apesar de pavorosa era mocinha antes de mim, o que obrigava Rufina a trocar seus panos todo mês e lavar o meio das pernas dela.

Eu me virava sozinha e reparava que não me cresciam os peitinhos já que era magra como um cabo de vassoura ou como a régua da mamãe. E assim fomos passando os anos, mas eu ia à aula de desenho e pintura e o professor de belas-artes achou que eu seria uma artista importante porque sendo meio louquinha eu desenharia e pintaria como os extravagantes artistas dos últimos tempos.

A exposição de belas-artes

O professor me disse: Yuna — é assim que me chamam — seus quadros são dignos de integrar uma exposição. Pode até ser que venda algum.

Tamanho foi meu alvoroço que pulei em cima do professor com o corpo inteiro e fiquei grudada no corpo dele com os quatro membros: pés e pernas. E caímos juntos.

O professor disse que eu era muito bonita, que quando eu crescesse íamos namorar e que me ensinaria coisas tão bonitas como desenhar e pintar mas que eu não divulgasse nosso plano que na verdade era apenas seu plano e eu supus que se trataria de exposições mais importantes e então o ataquei de novo e o beijei. E ele também, com um beijo azul que me repercutiu em lugares que não menciono porque não seria direito e então peguei uma tela grande e sem desenhar pintei de vermelho duas bocas apertadas enganchadas, juntas, inseparáveis, cantantes e em cima dois olhos azuis, desmaiando lágrimas de cristal. O professor, de joelhos beijou o quadro e ali ficou, na sombra e eu voltei para casa.

Contei a mamãe sobre a exposição de belas-artes e ela, que não entendia de arte, respondeu que aqueles borrões disformes das minhas pinturas em papelão fariam o público rir mas que, se o professor queria, para ela tanto faz como tanto fez.

Quando expus, junto com outras obras dos alunos, compraram de mim dois quadros. Pena que um era o dos beijos. O professor o batizou de *Primeiro amor*. Achei bom, mas não entendi totalmente o significado.

Yuna é uma promessa o professor dizia, e eu gostava tanto que toda vez que ele falava isso eu ficava depois do horário para pular em cima dele. Nunca me repreendeu. Mas quando me cresceram os peitinhos ele disse para eu não pular porque homem é fogo e mulher é palha. Não entendi. Não pulei mais.

O diploma

Foi assim que me diplomei em pintura e desenho na Escola de Belas-Artes quando fiz dezessete anos, mas por causa da minha dislalia nunca poderia dar aula, nem particular. Mesmo assim eu pintava quando podia comprar papelão, porque as tintas quem me deu de presente foi o professor que costumava nos visitar.

Betina e sua cadeira "vrum" rodeavam meu professor até ele ficar tonto, mas mamãe nunca me deixava sozinha com ele e uma vez me deu um tabefe, talvez porque viu que nos beijamos mas no rosto, não na boca como os artistas de cinema.

Eu tinha medo que ela não deixasse o professor entrar. Mas deixou, desde que não andássemos nos beijando, porque se o diabo mete o rabo e o professor mete outra coisa de sua anatomia masculina eu podia engravidar e o professor nunca se casaria com uma aluna deficiente.

Betina rodava mais do que nunca quando o professor vinha me dar aulas particulares e olhava os papelões e telas que se amontoavam junto à parede para uma exposição em Buenos Aires.

Uma vez anoiteceu e mamãe convidou o professor para jantar e ele aceitou. Tremi pensando em barulhos, chuvas e cheiros nojentos do corpanzil de Betina. Mas manda quem pode, obedece quem tem juízo.

Rufina tinha feito canelones. Para piorar as coisas me lembrei do canelone do Cotolengo. Senti vontade de pintar para me desafogar. Pintei um papelão que só eu entendi. Um canelone com olhos e uma mão que o benzia. Sussurrei *in mente*: se você tem alma, que Deus te receba em seu seio...

O jantar

Rufina pôs a toalha bordada que mamãe guardava e os pratos finos que guardava também. Quando punha a mesa assim os olhos de mamãe marejavam porque eram presentes de quando contraiu enlace. Certamente vinham lembranças de quando se desenlaçou e papai foi embora. Nunca tive pena porque ele não a amava.

Que se lasque... Papai deve ter encontrado outra melhor e sem régua. Papai deve ter filhinhos normais e não estrupícios como os que ela teve e que éramos nós duas.

O centro da mesa exibia uma estatueta de cerâmica representando um casal de aldeões abraçados num matagal debaixo de um salgueiro. Um dia eu pintaria aquela cena que tanto me emocionava, porque aos dezessete anos toda garota deseja ser abraçada debaixo de uma árvore em cima da sarça.

Comemos na louça fina porque a de todos os dias estava lascada e manchada pelo uso. Os talheres também eram os melhores, que mamãe cuidava e dizia que foram do jogo do seu casamento. Os cristais saíram à luz depois de vários anos e pareciam de água transparente. O ensopado não parecia o mesmo, acomodado e cercado de tanto luxo.

Teve até vinho doce. Do outro não porque o dinheiro não deu. Na taça de água havia água, naturalmente.

Mamãe se sentou primeiro na cabeceira e ao seu lado o professor, que chegou no horário combinado e trouxe bombons.

Na frente do professor, eu, e ao meu lado Betina.

Mamãe disse primeiro o antepasto. Fiquei pensando de onde ela tiraria o pasto ou se passaríamos para o quintal, mas não era nada disso e sim uns pratinhos com salame e queijo e palitos crocantes feito espetinhos.

Mamãe disse sirvam-se para abrir o apetite, e pôs vinho nos copos dos adultos e água no de Betina e no meu, e quando a campainha tocou e tia Nené entrou mamãe disse que essa era a surpresa que ela tinha preparado para nós.

Atarefada, Rufina ia pra lá e pra cá. Agora tia Nené a ajudava.

O prato principal chegava emancipado nas mãos de Nené. A galinha ensopada de sempre, porém na travessa de prata e guarnecida com legumes trazidos por Nené, parecia uma oferenda para um rei.

Começamos a comilança cada qual como melhor podia. Mamãe observava sem a régua mas eu sabia que ela estaria debaixo da mesa ao seu alcance.

O toque de encanto e espanto ficou a cargo de Betina, tosco e sonoro de traques e arrotos seguidos das desculpas de mamãe explicando que a coitadinha de dezesseis anos tinha quatro de idade mental segundo os exames que lhe fizeram, dadas as circunstâncias da sua deficiência.

Tia Nené encerrou a melopeia com um que desgraça a sua, Clelia — assim se chamava mamãe —, duas filhas retardadas... E em seguida meteu um naco de frango na boca pintada de vermelho-extintor.

O professor disse que eu não era retardada e sim uma artista plástica ensimesmada e que faria uma exposição de quadros em Buenos Aires e que na nossa cidade eu já tinha vendido dois.

Tia Nené

Tia Nené também pintava. Ela enquadrava as telas e pendurava-as em todas as paredes da casa onde vivia com sua mãe que era minha avó e mãe da minha mãe. Na minha casa havia dois quadros assinados "Nené", uns rostos de moças com olhos pretíssimos de vaca e caronas que me assustavam. Uma tinha bigode. Nené dizia que gostava de ser retratista e falava isso ao professor que lhe perguntava onde havia estudado a arte de manipular óleos e tudo o mais, e ela lhe confessou que era amadora, que não precisava de ninguém para pegar na sua mão porque as coisas surgiam do seu coração como água pura de manancial.

O professor não opinava. Nené olhou um papelão de minha autoria e disse que aqueles riscos não eram nada, que os pintores novos não lhe agradavam e que uma vez riu da tolice cubista de Pettoruti. O professor tropeçou e, como estava de pé olhando o quadro de Nené, caiu com a retaguarda no chão.

Tia Nené prosseguiu dizendo que meus borrões talvez pudessem ajudar no meu atraso cognitivo pelo significado que tinham para mim... Mas o que sabemos sobre o que pensam e sentem os anormais?, disse ela em forma de pergunta.

O professor insistiu que eu era a melhor pupila da Belas-Artes, já formada e pronta para expor meus trabalhos e tia Nené disse ironicamente como será que são os outros?, e a coisa ia esquentando.

Mamãe argumentou que aquilo era invenção de criança e que logo essa minha fase passaria.

Da moldura de madeira, os olhões pintados por Nené nos olhavam. Deixei escapar uma expressão que mais tarde me renderia uma reguada: acho que uma vaca está me olhando e perguntando se vou comer ela, porque o retrato é chato como a cara de uma vaca e feio como a cara de uma mulher feia.

Nené guinchou como a macaca do zoológico e gritou até quando a coitada da irmã dela me aguentaria e que já era hora de me internar no Cotolengo.

O professor disse que estava com dor de estômago e que lhe dessem licença para ir ao banheiro vomitar. Fiquei feliz como se tivessem me dado um prêmio de pintura.

Silêncio total, então mamãe disse a Nené que ela tinha passado dos limites, que levasse em conta que eu me sentia plena criando coisas nos papelões e telas que o professor me dava. Nené pulou feito uma onça: não percebe que esse homem olha a menina com más intenções?, disse à guisa de pergunta e mamãe emendou que não fosse maliciosa e que, na sua opinião, olhos tão grandes não cabiam na cara de mulher nenhuma a não ser a mulher do touro.

Intuí que mamãe me aceitava e segurei uma lágrima que esteve a ponto de rolar com estrondo no chão porque seria a lagrimona gigante que nunca chorei desde que tive capacidade de compreender — em parte — os fundamentos das réplicas entre gentes chamadas normais, e tanto mamãe como Nené o eram. O professor voltou de vomitar e, dirigindo-se a Nené, começou algo que ela interrompeu e que foi o seguinte:

Senhorita, começou ele, e ela comunicou que era senhora e ele pediu desculpas acrescentando que uma mulher tão bonita na sua idade nunca poderia ser senhorita e que sem dúvidas o marido estaria orgulhoso de ter uma pintora ao seu lado e ela lhe informou que havia se separado porque os modos ordinários de seu ex a chocaram. O professor culto e educado não conteve a expressão de que naquela casa ele não acertava uma.

Mamãe percebeu que o jantar chocho afligia a todos menos a Nené. Trouxe uma bandeja e as taças de champanhe. Ela tinha guardado o champanhe para brindar pelos quinze anos de alguma de suas filhas que éramos Betina e eu, mas nunca o estourou comprovando que não valia a pena porque as idades cronológicas não valem quando suas horas e dias não correm junto com as da inteligência.

Voltamos à mesa. Betina dormia em sua cadeirinha roncando. Que feia, que horrível, como podia haver alguém tão feio e horrível, cabeça de búfalo, cheiro de trapo úmido. Coitada...

Brindemos pela paz, disse Nené fingindo intelectualidade. E seguiu contando que seu casamento fracassado lhe doía porque devido à falta de educação sexual se sentia culpada e às vezes tinha saudade de Sancho, o nome do seu ex.

Nené esperava uma pergunta mas ninguém lhe perguntava, então contou que a primeira noite, e aqui ficou ruborizada, ela correu pela casa e pelo jardim fugindo do marido apaixonado e o conúbio não se consumou e ele foi embora. Virou fumaça.

Encheu a segunda taça de champanhe e os nossos ouvidos explicando que era virgem e casada, nem senhorita nem senhora nem nada e por isso se refugiava na arte de pintar quadros.

Como era minha tia Nené

Ela vivia grudada na saia da mãe que era também a mãe de minha mãe e portanto minha avó e de Betina. As saias da vovó pareciam uma batina de padre e os sapatos pareciam sapatos de homem e na cabeça ela usava um coque de cabelo preto porque não era grisalha já que a mãe foi índia e os índios não ficam grisalhos, deve ser porque não pensam. Mamãe não tinha cabelo branco assim como a vovó porém pensava.

Nené tocava violão de ouvido, para tocar violão usava uma faixa azul celeste e branca na cabeça e odiava os gringos. Minhas ideias se esparramam quando tento descrevê-la, são tantas e tontas mas é justo reconhecer que tia Nené era uma figura.

Gostava de namorar e beijar até comer os lábios do namorado e teve uns oitocentos namorados mas guardou sua virgindade mesmo pulando do leito nupcial casada no civil e de branco na igreja.

Os anos trinta despontavam quando Nené se apaixonou pelo carpinteiro italiano. Me lembro como era bonitão o carpinteiro... Alto, loiro, sempre limpinho e perfumado com água-de-colônia. Vinha namorar na porta da casinha de vovó, que por ser uma casinha de bairro não valia muito. Mas como ninguém na família trabalhava eles tinham que se conformar com o que recebiam do tio Tito que trabalhava nos jornais.

Tia Nené se gabava dos beijos que trocavam. Mas não faziam outra coisa porque, se ela chegasse a se casar, queria estar em estado de virgindade. Isso eu não entendia. Achava que usando uma medalhinha da Virgem já estaria a salvo de algo muito pecaminoso que associei com a gravidez. Talvez quando se casasse ela tiraria a medalhinha para que a Virgem não visse, vai saber o que a mãe do Senhor não podia ver. Eu tinha um grande furdunço dentro da cabeça que despejava em meus papelões e assim pintei um pescocinho delicado do qual pendia uma correntinha da Virgem de Luján, e vindo das penumbras, que consegui passando o dedo em cima de traços gordos e pretos, um homem grandalhão como o leiteiro basco que nos trazia leite e sempre protestava "arrauia" ou algo parecido e do corpanzil dele caíam líquidos assombrosos que afogavam a delicadeza do pescocinho e a Virgem soluçava. Para simular soluços pintei salpicos vermelhos de destroços que magoavam a criatura do pescocinho de açucena.

O namorado italiano terminou com madeiras finas o dormitório, a cama e as mesinhas de cabeceira. Depois terminaria os móveis da copa e outras quinquilharias necessárias para um lar decente. Tia Nené — eu soube porque ouvi atrás da porta — ria do gringo, o que está pensando esse *tano*,* que vou casar com ele e comer massa? Uma vez eu disse a ela: melhor massa do que tomar café com leite quase sempre.

Ela me disse que eu tinha que ajudá-la a se livrar do italiano pois já estava de saco cheio dele e eu respondi que não, uma má ação, não. Ela me disse que meu pai também gringo abandonou mamãe. Eu perguntei se ela não tinha vergonha de enganar

---

* Derivado de "napolitano", forma de se referir aos italianos na Argentina. (N.T.)

assim um senhor tão bom e ela respondeu que os *tanos*, gentalha, não eram senhores, e aquela noite ela foi para Chascomús, onde vivia um irmão dela, tio meu e irmão de mamãe.

Depois não soube mais nada daquele imbróglio, mas Nené levou um ano para voltar à casa materna da qual saiu com medo de encontrar o italiano. Felizmente soube que ele, desiludido com Nené, havia contraído núpcias com uma genovesa e a senhora já estava grávida e pensei que ela não devia mais usar a medalhinha da Virgem nas relações com o marido que a Virgem não deve ver nem ouvir.

Pouco depois tia Nené namorou com um namorado argentino que veio de Córdoba. Eu gostava de ouvir o sotaque dele e pintei algo a respeito.

Com esse namorado, cantavam juntos e ela tocava violão e uma amiga cevava mate. Durou pouco. Esse senhor não construiu móveis nem patavina. Numa tarde de junho, quando escurece cedo, ele a espremeu na parede e ela gritou feito um galo na alvorada e o guarda da esquina veio e arrancou o sem-vergonha — teve que arrancar porque estava pregado no corpo da minha tia — e o levou preso para a delegacia.

Foi um romance breve e escandaloso. Acho que teve outros, mas só namoricos, até aparecer dom Sancho que a conquistou.

Dom Sancho era um espanhol republicano que eu adorava porque parecia o dom Quixote de la Mancha.

Eu tinha um livro de capa dura com a figura do cavaleiro do cavalo Rocinante e de Sancho Pança, mas o namorado de Nené não tinha pança, magricelo feito uma vara e tão bem falado que eu esperava que os dois, ele e ela, viessem em casa para tomar chá com os biscoitinhos que o namorado comprava. Mas interesse em chá e biscoitinhos eu não tinha, e sim em ouvir a voz do senhor Sancho. Ele contava aventuras da sua pátria distante e me dava inspirações para pintar e galanteava meus ouvidos com nomes de lugares como Paseo de la Infanta, rio Manzanares,[*] e eu imaginava uma menina de branco com uma coroinha e flores nos braços, abraçando-as, e as águas do Manzanares cheias de maçãs dançantes sobre as ondas como cabecinhas bochechudas de anjos, que pintei.

Dom Sancho me deu de presente uma boneca chique de porcelana que eu devia batizar de Nené, o nome da minha tia e amada namorada dele. Mamãe comentou que em breve eu faria catorze anos e já estava grande para bonecas. Coloquei-a em cima da cama e de noite nos abraçávamos.

Compreendi que meu destino pairava sobre um arrebol triste chuva solitária quando mamãe sacudindo os lençóis da minha cama arremessou Nené, minha boneca, que esfrangalhou seus encantos e eu adoeci de um tremor que demorou bastante para sarar. Cresci depois desse estrago. Algo esmigalhado dentro de mim doía. As pontas da porcelana de Nené, minha boneca, cravadas no fígado, me deram hepatite nervosa e além disso aprendi a chorar.

Também chorei quando tia Nené abandonou o marido que era dom Sancho. Um dia lhe perguntei por que não cumpriu com seu dever de esposa. Ela respondeu que não convinha dialogar questões íntimas comigo porque como sobrinha eu lhe devia respeito, e que logo mais haveria tempo para tratar de assuntos picantes e sujos.

Disse a ela que sua irmã, minha outra tia, devia fazer coisas picantes e nojentas com o marido e ela me mandou calar a boca.

---

[*] *Manzanares* (pomar de macieiras, em espanhol) é um rio que corta Madri, a capital da Espanha. (N.T.)

A tia Ingrazia

Casada com Danielito, um primo, ela teve duas filhas. Algum mau-olhado devia perseguir minha família porque as priminhas imbeciloides frequentavam escolas de deficiências e uma delas tinha seis dedos em cada pé e uma excrescência na mão direita que quase parecia um dedinho a mais. Só que não.
A outra priminha segundo boatos era liliputiana, o que quer significar anã.
Tia Ingrazia tirou as duas do instituto e Carina, a mais velha, aos catorze anos tinha namorado e a outra, Petra, com doze espiava o que eles faziam. Tio Danielito carecia de caráter e deixava o lar à deriva como um barco sem leme. Ingrazia me odiava porque eu pintava e era bonita como uma modelo de Modigliani, "a menina da gravata".
Tia Ingrazia opinava que eu também sofria de deficiência, embora dissimulasse minha anormalidade pintando e sendo linda. Acho que ela não estava errada... Eu só vivia para sentar e pintar e o mundo circundante sumia me deixando numa esplêndida ilha de tonalidades.
Tia Ingrazia morava nos subúrbios da cidade, numa casa grande rodeada por um jardim. Tio Danielito trabalhava num cartório e vinha pouco à casa da família.

Cresci com um conceito errado de casamento e família organizada. Jurei não me casar. Jurei viver para pintar. Jurei muitas coisas até ficar sabendo que jurar era pecado e não jurei mais.

Quando Carina ficou grávida, tia Nené veio desesperada propondo a tia Ingrazia que a fizesse abortar. Aos quinze anos mãe solteira, não, nunca...

Perguntei a Petra se ela viu como um namorado engravidava uma namorada e ela falou que eu estava atrasada e que, embora pintasse, ignorante como eu ela nunca conheceu e então me contou tudo.

Aos dezoito anos, uma garota de catorze abriu meus olhos. Aquilo me entristeceu assim como a história do aborto, que sonhei e pintei. Num papelão grande pintei um mapa-múndi dentro do qual um girino boiava tentando se defender de um tridente que tentava atravessá-lo e o girino de repente parecia uma semente humana, um nenê feio que a cada minuto ia mudando para mais bonito até se transformar em bebê, e então o tridente o espetou na barriguinha e ele saiu boiando para fora do mapa-múndi. Aquele papelão que mostrava vários aspectos da aventura daquele pequeno ser foi muito estudado e os psicólogos sociais também aproveitaram para me fazer perguntas que eu respondi da melhor forma para confundi-los. Acho que os confundi. Li as conclusões infantis a que chegaram. Zombei deles intimamente, de suas posturas e da pena que sentiam pela minha pessoa.

Quando intitulei minha obra, acho que perceberam o erro de interpretação: *Aborto*, foi como intitulei.

Ganhei uma medalha por *Aborto*.

Tia Nené e minha prima Carina

Carina implorou que eu ficasse com ela aquele dia e aquela noite até a manhã seguinte porque estava com medo.

Fiquei. Confesso que os seis dedos e a estupidez dela me davam nojo.

Ela me contou que quando estava na cozinha da casa, que era como já contei por minha vez, grande e vetusta, vinha o vizinho do outro sítio e eles começavam a se beijar — "me dava cada beijo" — e depois ficavam pelados pela metade e ele apertava minha prima e ela não sabia por que da primeira vez sentiu dor na pererca e saiu muito sangue, mas não avisou à mãe que era minha tia Ingrazia. Agora ela percebia que devia ter avisado, porque tia Nené gritou para ela sua louca embuchada e que iam levá-la para um lugar onde iriam desembuchá-la e ela me pediu um conselho. Mas não falei nada porque ainda não entendia o problema. Ela me abraçou.

Quando Nené chegou às onze horas do dia seguinte já estávamos arrumadas e saímos com ela numa carroça daquelas encapotadas puxadas por um cavalinho rumo ao subúrbio. Descemos num bairro pobre. *Infernal* eu intitularia o próximo quadro que já carregava dentro de mim assim como Carina — agora eu sei — carregava o bebê, mas tia Nené falou que ainda não era um bebê, três meses depois do pecado original cometido pela sobrinha Carina e pelo vizinho do sítio ao lado, o floricultor casado e velho que bem poderia ser pai da desonrada Carina, e que não era para contar isso a ninguém nem mesmo ao tio Danielito que era seu primo e também de mamãe e Ingrazia. Acrescentou que apesar de Danielito ser um estulto, talvez virasse uma fera e além dessa lambança ainda teríamos uma tragédia familiar.

Notei que Carina chorava sem lágrimas e passava os dedinhos acariciando a barriga quando tia Nené disse lambança e reparei que Carina amava o nenê que carregava ali dentro e fiquei toda arrepiada.

Descemos no barro do bairro pobre e de uma casa ainda mais pobre saiu uma mulher velha de batom e avental secando as mãos e nos convidando para entrar, que a doutora já vinha. Nós nos sentamos para esperar num sofá que soltou pó porque estava sem sacudir e espirrei porque pó me dá alergia.

Num espelho da parede à nossa frente constatei como éramos insignificantes tanto nós duas como tia Nené, com a roupa justa porque estava gorda e os sapatos desbeiçados e as unhas pintadas e a cara que parecia as caras de vaca que ela pintava ("você não vai me comer"). Só que agora uma vozinha perguntava por que você vai me matar?, mas eu só ouvi de outra maneira.

Ouvi que no outro aposento caminhavam preparando os instrumentos e eu adivinhei isso porque o barulho metálico era parecido com o que escutei quando me operaram das amídalas no Hospital Italiano.

Veio a doutora que não parecia doutora de tão ordinária. Perguntou qual era a paciente e de quantos meses estava então tia Nené respondeu que de três e uns quebrados e eu entendi por que dizem que os filhos são a riqueza do pobre, mas parece que tia Nené que não comia todos os dias por falta de dinheiro não perdoava o bebê nem pelos trocados que poderia conseguir com ele.

A doutora disse entre e Carina entrou tremendo, a tia perguntou se ela também podia e a doutora disse que não e fechou a porta que dava para nós.

Os choques metálicos dos instrumentos ficaram mais aguçados. Carina não chorou. Entendi que havia outra pessoa além da doutora. Uma hora e meia depois a porta se abriu e a doutora disse que podíamos entrar. Carina ainda estava numa maca, dormindo pela anestesia. A médica chamou tia Nené, ouvi ela dizer que eram quarenta pesos. Que barbaridade, disse Nené.

Segurei a mão feia de Carina. Ela apertou a minha e fiquei feliz que não estivesse morta.

Quando se recompôs chamaram um automóvel. Voltamos à casa de tia Ingrazia e de Carina. Nené não desceu e foi para sua casa no mesmo carro. Antes sussurrou que não contássemos nada a ninguém porque os abortos eram condenados por lei e, se ficassem sabendo, iríamos todas para a cadeia de Olmos.

Petra

A irmã de Carina, Petra, também minha prima, saiu para nos receber. Queria saber detalhes e fizemos ela jurar que não espalharia nada ou então iríamos todas parar na cadeia de Olmos. Vocês, porque eu não fui!, gritou a anã, e eu agourei que se ela contasse o que Carina por inocência lhe contaria, eu a acusaria de obrigar Carina a abortar. Ela jurou não contar.

Além disso prometeu nos ensinar como mulher nenhuma ficava grávida (de que jeito?) se tomasse precauções. Perguntei como sabia tanto com apenas catorze anos. Ela me confessou que fazia aquilo desde os doze, mas depois da menstruação usava preservativos ou contava certa quantidade de dias — não lembro quantos — em que podia sem preservativo. Mas insistiu que não convinha confiar no calendário.

Carina foi deitar na sua caminha e pediu um chá com leite e torradas.

Petra explicou que não havia razão para se privar de nada e que usando o preservativo tudo bem, mas que tinha que estar bem colocado porque senão podia estourar e aí já viu...

Perguntei onde tinha que botar o preservativo, se na carteira, num bolso ou...

Petra abriu a bocarra de hipopótamo e me contou onde e como. Fui vomitar o que nem tinha comido e voltei pra casa caminhando para tomar um ar e ver se conseguia esquecer os detalhes da aventura em que me meti por dó da Carina. Agora eu sofria por um nenê morto que não pôde se defender. Mas me consolei porque tia Nené disse que com três meses e uns quebrados ele ainda não era nada nem ninguém.

Calor do lar

Tia Nené disse que sentia falta do calor do lar da casinha onde vivia com sua idosa mãe, também mãe da minha mãe e de tia Ingrazia e avó de todas nós, e que naquele sagrado lugar ela era feliz porque adorava a mãe e quando conseguiam dinheiro do seu irmão — aqui não vou enumerar os parentescos — compravam biscoitinhos e doces e vinho tinto e branco e as duas banqueteavam conversando sobre os velhos tempos e que ela não saberia o que fazer na falta da mãe.

Falei que vovó era tão velha que mais dia menos dia iria morrer e ela me deu uma bofetada. Então ao pé do ouvido retruquei que ela tinha organizado o crime do bebê da Carina e que os anjos da guarda das crianças a castigariam. A infeliz começou a gritar para que minha mãe soubesse que eu havia lhe faltado com o respeito e mamãe tirou minha sobremesa do jantar, a que eu mais gostava, pêssegos em calda. Nené foi embora.

Em casa tínhamos telefone e ele tocou mais ou menos uma hora depois da saída de Nené, que avisava chorando que vovó estava dura na cama, quer dizer, morta.

Fomos todos, inclusive Betina na cadeira de rodas. Encontramos tia Nené sentada no sofá da sala com vovó no colo e soluçando: a mamãe é minha... a mamãe é minha... a mamãe é minha...

Vieram os dois filhos da vovó, irmãos de Nené e de mamãe, e também de Ingrazia e Danielito que vocês já sabem quem é, e nem mesmo todos juntos conseguiam arrancar a vovó dos braços da tia Nené.

Um puxava para o norte, outro para o sul, outra para o leste e a outra para o oeste. Gritei que iam arrebentá-la igual a minha boneca Nené que ganhei de presente de dom Sancho marido de Nené, e os puxões e os laços filiais afrouxaram e como a vovó estava dura rigorosamente duríssima, botaram ela na cama e com muito esforço fecharam seus olhos, porque as pálpebras pareciam folhas secas e foi bastante desagradável olhar que ela já não nos olhava mas os finados não têm nada que olhar, e comentaram que chamariam a funerária para colocá-la no caixão, o que fez tia Nené gritar a mamãe é minha e não vou deixar fechar nem enterrar...

Então chamaram uma enfermeira que aplicou um calmante nela e a tia dormiu no sofá com a boca aberta da qual escorregaram dois dentes postiços que eu catei do chão e joguei na privada.

E assim eu vingava as lagriminhas da Carina. Me divertia assistindo ao cortejo fúnebre chegar e colocar a vovó no caixão. Já tinham vestido o sudário nela e parecia uma senhorita velhíssima. Compareceram vizinhos e alguns parentes que eu não conhecia.

Esconderam Betina no sótão das coisas inúteis para evitar o vexame dos flatos, cocô e xixi.

A casinha estava lotada e serviam café em xicrinhas aos convidados. Nos velórios, poucos são os que observam tristes o falecido porque conversam e riem, bebem café e se tem algo para mastigar não fazem desfeita.

Nisso, tia Nené acordou e uivando feito loba gritou o que sempre gritava, afastando com grosseria os parentes e amigos que se aproximavam da finada avó, ela é minha, ela é minha...

E pedia que a entregassem para levá-la até o dormitório porque era hora do seu chá. Quando a tocou, gritou por que tinham deixado ela desagasalhada e fria, tão fria. Depois gritou que estavam faltando os seus dentes. Parou de chorar pela vovó e chorou pelos dentes, que tinham aplique de ouro.

Foi à cozinha e trouxe uma caldeira com carvão para aquecer sua mãe, a vovó, e colocou debaixo do féretro porque ninguém ousou evitar tal atitude que pioraria a tragicomédia. Quando penso eu pronuncio vocábulos finos e cultos que não me saem na palavra falada.

Faltavam algumas horas para transferir a defunta ao cemitério e enterrá-la mas o calorzinho da caldeira ia inflando a vovó devagarinho e ela já não estava magrinha, estava bastante recomposta e corada embora exalasse um cheiro desagradável. Um senhor da funerária disse para tirarem a caldeira porque o calor acelerava a putrefação e tia Nené deu um soco no homem que rapidamente sumiu de cena enquanto as moscas surgiam cantando em direção à adormecida e tia Nené as espantava com um leque espanhol que tinha ganhado de dom Sancho, o único parente ausente. Não sei se era ou não parente. Não veio. Melhor.

O cheiro já engrossava e muitos davam os pêsames e se escafediam enquanto tia Nené lutava com golpes de leque contra as moscas trajadas de azul esverdeado e sua cantiga gulosa.

Os olhões pretos de vaca da tia Nené olhavam os poucos presentes e a vovó ia engordando. Tia Nené disse viram só como está recomposta? A enfermeira lhe aplicou um calmante e tia Nené caiu em sopor de novo então os funerários aproveitaram para pôr a tampa no caixão da vovó e espirrar mata-moscas para melhorar o ambiente.

Desperta, tia Nené queria ver sua mãe mas já tinham tampado ela, então se jogou no chão e insistiu batendo a cabeça contra as tábuas. Um padre pediu que, por ser uma filha tão fiel, merecia esse favor. Afastaram só um pouquinho a tampa e tia Nené berrava que a tinham trocado, que aquela não era a cara da sua querida mãe e sim a cara de um sapo. A enfermeira voltou a apagá-la.

Quando chegou a hora de trasladar o sapo-vovó ao cemitério, tia Nené foi até os fundos da casinha e disse: mamãe, já levaram o sapo, pode sair agora.

Alegria-do-lar

Tia Nené ficaria sozinha na casa mas dizia que estava preparando o jantar para ela e a mãe, e todos cientes que ela estava tantã da cabeça aconselharam que alguém ficasse junto até que se recuperasse pois uma mulher sadia como Nené com certeza pode se recuperar de um transtorno psíquico causado por uma dor imensa como a morte da mãe. Nisso apareceu o professor se desculpando por não chegar a tempo para acompanhar nosso luto. Falou que embora não tivesse vínculo sanguíneo, se oferecia para cuidar da enlutada e lhe fazer comida e sugeria que alguma pessoa também o acompanhasse porque é nessas horas que a gente vê quem é amigo.

Danielito ofereceu pagar a enfermeira, que aceitou, e eu me ofereci para fazer companhia a todos.

Enquanto tia Nené ia da cozinha à copa pondo a mesa e na cozinha fervendo batatas, batatas-doces e ovos além de outros legumes e um tiquinho de carne que havia sobrado do último ensopado, apoiei dois papelões — eu sempre saía com papelões — e como a inspiração me veio pintei com pinceladas rápidas motivos pertinentes ao que aconteceu naquela semana trágica, abundante e goyesca. Já falei que por dentro da minha psique eu sabia detalhes e formas, que era muito diferente da boba de fora que falava sem ponto nem vírgula porque se botava ponto ou vírgula eu perdia a palavra falada. Às vezes eu botava ponto ou vírgula para respirar mas era melhor me comunicar de viva voz rapidamente para que me entendessem e evitar lacunas silenciosas que revelavam minha incapacidade de comunicação verbal porque ao ouvir a mim mesma eu me confundia com os barulhos de dentro da cabeça e com o sibilante fluir da palavra e eu ficava boquiaberta pensando que existiam palavras gordas e palavras magras, palavras pretas e brancas, palavras loucas e coerentes, palavras que hibernavam nos dicionários e que ninguém usava. Aqui por exemplo usei vírgulas. E pontos. Mas agora preciso sair pro quintal para respirar e monologar internamente no quintal em cujos canteiros laterais crescem essas plantas que abundam em flores vermelhas, muitas, muitas, muitas e se chamam alegrias-do-lar e que uma tarde eu quis cortar um galhinho para pôr no vaso da copa da casa da vovó que agora era da tia Nené e elas me disseram que não gostavam daquelas flores porque eram selvagens e não de interior e tia Nené as jogou no canteiro com água e tudo deixando o vaso vazio na mesa.

E como eu tinha vontade de alegrar a mesa preta e oval da copa sem toalha, enchi o vaso com água da bomba e cortei algumas alegrias-do-lar e me dei esse luxo.

O professor ajudava tia Nené a descascar batatas e batatas-doces e lavar outros legumes e eu fui comprar um osso caracu para dar gosto àquela comida. Não estava com fome.

Sentamos à mesa eu, o professor, a enfermeira, e tia Nené ia e vinha com os víveres. Notei que ela pôs um prato para a vovó mas a vovó não estava.

Perguntou Mamãe, quer mais um pouquinho?, e ela mesma respondeu tá bom, querida, e eu me assustei porque era a voz da vovó embora a vovó já estivesse enterrada e devia ter explodido com o superaquecimento do aquecedor que tia Nené botou debaixo do caixão, que a inflou feito uma bexiga.

O professor e a enfermeira se entreolharam balançando as cabeças com pena de preocupação e suspirando porque a tia estava tendo a loucura ou a capacidade de ver o que nós não víamos, pois dizem que tem gente que vê os mortos e são espíritas.

Cada vez que Nené ia buscar algo na cozinha a enfermeira passava para o seu prato uma batata, uma batata-doce, um ovo cozido e o prato da vovó ia se esvaziando como se um comensal comendo se alimentasse com apetite, o que fez Nené exclamar que era a primeira vez que mamãezinha comia sozinha e sem lhe dar trabalho. E disse que notava-a mais gordinha e coradinha e que um sorriso pintado e quase largo no meio da sua carinha lhe devolvia um pouco da juventude perdida por levar uma vida tão agitada e cuidar dos filhos sendo viúva e ver o fracasso do seu casamento com aquele galego Sancho que me deu a boneca que mamãe quebrou porque Nené pediu para ela quebrar porque achava que o galego andava espiando meus peitinhos e eu já estava desenvolvida.

Senti tanta raiva que estive a um segundo de informar a ela que a cadeira da vovó estava vazia e a vovó putrefata debaixo da terra e que os vermes banqueteariam com sua pessoa igual aos vermes daquele conto que chupavam a carona do sr. Valdemar, mas calei para mais tarde.

Me dirigindo ao professor, lembrei-o do conto e o professor ficou vermelho como um tomate indicando com o dedo na boca que eu me calasse e acrescentou que não se lembrava do conto e que se lembrasse não vinha ao caso, mas a circunstância do aniquilamento da Nené de porcelana e a calúnia de que dom Sancho tivesse más intenções comigo me deixaram fula com tia Nené e mais ainda com minha mãe que acreditou nela e partiu meu coração junto com a cabecinha de porcelana de Nené-Boneca.

Notei que tia Nené tomou sozinha uma garrafa de vinho branco e depois cantou com o violão e eu lembro bem o que ela cantou:

> *Ya se murieron mis perros,*
> *ya el rancho se quedó solo,*
> *ahora me muero yo*
> *para que se acabe todo.* *

A enfermeira secou uma lágrima com o guardanapo e depois levantou da mesa e foi lavar a louça e nisso se lembrou que Betina estava no sótão. Subiu com um prato cheio de sobras e um pão, depois desceu com a deficiente que perguntou o que havia acontecido. Carina explicou que a vovó estava no cemitério e tia Nené disse que ela tinha ido levar flores para não sei quem.

O professor falou que era hora de ir embora e pegou meu casaco e meus papelões. Àquela altura dos acontecimentos, além do professor e eu estavam Betina na cadeira de rodas e mais alguém que agora me foge e a enfermeira que ficaria com tia Nené. Tia Nené disse que a vovó já estava deitada e quentinha e que ela a imitaria.

Saímos para a rua todos os que já mencionei, e mamãe e tia Ingrazia iam dizendo que talvez devessem ficar para fazer companhia a Nené indubitavelmente desmiolada, mas depois disseram que dar uma gorjeta à enfermeira seria suficiente e que elas já tinham peso demais nas costas para ainda ter que carregar outro gordo e intuí que se tratava da tia Nené.

---

* "Mis perros" (1918), composição de Carlos Gardel e José Razzano, citada de memória e levemente alterada por Yuna. Mantendo o efeito da rima: "Meus cachorros já morreram,/ E meu rancho ficou mudo,/ Agora morro eu/ Para que se acabe tudo". (N.T.)

Sinto vontade de respirar e faço um parêntese pontual mas me apresso para contar que atrás da caravana enlutada vinha Petra empurrando a cadeira de Betina que dormia com a cabeça entre os dois seios grandões e não pequenininhos como os meus, roncando. Não sei se estou esquecendo de alguém. Pegamos uma carroça encapotada puxada por um cavalo alazão que parecia de ouro e senti que, assim que chegasse em casa, para me livrar de tantos desgostos eu pintaria o animalzinho de ouro e o intitularia *Pégaso*, embora Pégaso batesse duas asas no lombo liso.

Chegamos e ficamos acordados eu, Danielito, Petra e Betina que pediu mais comida e lhe trouxeram matambre recheado e sopa, Carina que não foi ao enterro pois estava com um pouco de febre e o professor, que não dormia na casa mas ficou para acompanhar o luto.

Devo esclarecer que estávamos na casa de tia Ingrazia e que me chamou atenção a decaída de Carina, a febre era nítida e ela pediu desculpas e foi se deitar tiritando.

Mamãe chamou minha atenção para o horário e por que não íamos para casa e o professor também opinou que não era hora de estar de pé e quando foi pegar o chapéu que deixou numa cadeira, mamãe o interrompeu com um não dizia pelo senhor, professor. Betina arregalou os olhos e disse que não queria ir embora, Petra falou que dormiria na cozinha ao lado da borralha do fogão na cadeira reclinável que Carina usava até pouco tempo atrás. Mamãe, eu e o professor voltamos para casa na carroça que esperava na rua.

O professor demonstrou preocupação pela ausência da minha irmã que ficara na cadeira ortopédica na casa de tia Ingrazia, segundo mamãe preocupada pela febre de Carina, e que ela tinha motivos de sobra para afirmar que aquela criatura deformada por fora guardava dentro do peito um coração bondoso e que se os bracinhos dela não fossem tão curtinhos ela pintaria melhor do que eu que rabiscava borrões em pedaços de papelão que ninguém entendia o significado. Mas acrescentou irônica que Deus dá pão para quem não tem dentes, e expressou isso olhando para mim com desaprovação.

O professor apoiou um papelão na parede e sugeriu que eu pintasse algo dourado como o Sol porque tanta bruma e tristeza quebravam nossa alma e eu senti que o professor se referia ao lençol interior, que para quebrar devia de estar engomado ou sei lá, vai saber como pode quebrar algo que aviva a parte somática, e essa palavra eu copiei do dicionário.

Pégaso ficou magnífico trotando num rio dourado em cujas margens amarelavam girassóis da Holanda e uns pássaros pretos maculavam o dourado entorno, porque nunca falta feiura em nenhuma paisagem por mais dourada que seja.

O professor partiu sob a garoa do outono. Cochilei no sofá como se esperasse alguma coisa que eu não sabia o que era mas que aconteceria e o telefone tocou com a voz de Petra avisando que Carina tinha vomitado e queimava de febre e que tia Ingrazia estava esperando amanhecer para chamar um médico.

Olhei para o Pégaso e vi Carina cavalgando em sua maravilhosa garupa e suspirei a pergunta pra onde iam? e me responderam que iam pro mundo da lua luneta zureta e então eu soube que não adiantaria mais chamar um médico para Carina que ia em busca do bebê perdido. Dormi tranquila até o dia seguinte quando anunciaram a repentina morte de Carina que eu já sabia e fiquei feliz porque em qualquer lugar ela estaria melhor do que nesse mundo desgraçado.

Mais um luto familiar. Quando tia Nené soube que Carina já não pertencia a este universo sombrio, foi arrasada por uma lembrança horrível de uma viagem a um bairro sujo de uma visita a uma pocilga horrenda de uma operação chamada aborto e associou tudo. Mas calou sua bocarra sem os dentes postiços que eu joguei na privada e ficou com medo que eu dissesse algo que pudesse comprometê-la, e se aproximando de mim no velório soltou que eu também tinha participação no assunto e eu não ligava os motivos do caso e fugi dela como quem foge de um bicho venenoso que pode ser um escorpião.

O problema do ocorrido apagou da cabeça da tia Nené o recente funeral materno e durante a cerimônia ficou me encarando com olhos de vaca. Mostrei a língua pra ela.

Quando ergueram o caixãozinho do repouso final da Carina eu notei que não pesava quase nada e pensei comigo que ela já tinha voado junto com o cavalinho para o lugar onde vão as crianças sem batizar e que se chama limbo como o padre catequista me ensinou quando tomei a primeira comunhão, então rezei o pai-nosso acrescentando palavras dirigidas aos anjos, explicando que eles deixassem Carina subir a um purgatório não muito quente e também seu filhinho que não foi batizado porque mataram ele antes de nascer. Quanto a Carina, pedi à Virgem de Luján que a perdoasse embora eu não soubesse de que nem por quê, eu não entendia como o bebê conseguiu entrar na barriga dela nem que papel o vizinho dos fundos teve com ela na cozinha, e eu disse à Virgem que era um pesadelo e que ela que foi boa mãe sabia que bastava um raiozinho de luz trazido por uma pomba Espírito Santo para engravidar uma moça desenvolvida e que se não estivesse desenvolvida nada disso teria acontecido e Carina estaria ao nosso lado tão boazinha e quietinha que era.

Nós a colocamos no túmulo perto do túmulo de vovó que tia Nené não viu ou fingiu não ver e então eu comecei a duvidar dela e de todos menos da minha irmãzinha Betina profundamente deficiente.

Quando as flores se zangam elas acionam os pistilos e enrugam as pétalas que parecem animaizinhos venenosos e escorregadios, elas mudam de aparência e não são totalmente vegetais nem animais, são duendes ou ninfas do mal e não porque queiram mas porque sentem nojo e raiva de certos comportamentos humanos que já fazem elas sofrerem o suficiente quando as arrancam e levam à floricultura sem perceber que de seus polens, quando o vento sopra e os polens caem em terra fértil, nascerão plantinhas como as plantinhas que deram graça e cor a elas. Porém, quando as arrancam muitas vezes nem trocam a água dos vasos e elas se envergonham do mau cheiro que exalam principalmente nos velórios e que junto com o cheiro do morto são um insulto à beleza e à criação.

As flores dos canteiros da casa — agora de tia Nené e antes de vovó mas agora não mais porque estava morta — odiavam tia Nené, porque tinham ouvido que ela as menosprezava e não queria seus espécimes na mesa porque eram matos selvagens e ela gritava tirem essa vulgaridade daí e quando tio Sancho que não consumou casamento com ela mas era o marido lhe trazia rosas vermelhas e brancas, aí sim ela gostava e aproveito para confessar que não sei o que significa isso de não consumar casamento mas vou perguntar a Petra que sabe muitíssimo desses busílis, palavra que ouvi não sei quem dizer mas é linda e eu uso.

Voltamos à casa de tia Ingrazia para começar o luto.

Levei meus papelões e tia Nené me chamou de borralhona e catadora de lixo e o professor que também estava lá me defendeu e jogou na cara dela que meus papelões e telas já eram comentados em revistas de arte e que logo a exposição não só de papelões como também de telas seria aberta a um público seleto em Buenos Aires e que ela com a idade que devia ter nunca pôs pintura em lugar importante e as que ele viu na casa de vovó não valiam nem um tostão furado.

Ai mamãe... ai mamãe... ai mamãe, berrava a macaca de olhos de vaca.

Tia Ingrazia agora chorava na lapela de seu primo e marido Danielito a morte de Carina e de quebra a morte da mãe e tia de Danielito, ou seja, minha avó.

Eu invejava a paz que Carina devia gozar e pintei vagamente uma Pietà rememorando com dificuldade a de Michelangelo que o professor mostrou e analisou na aula de belas-artes com tanta delicadeza que eu precisei pedir licença e sair porque meu peito ronronava como um gato dengoso por causa da emoção e fiquei para fora até que meu peito se acomodou, porque não sei se já disse que o consolo das lágrimas me foi negado e eu carregava no peito um lago líquido que o médico diagnosticou como resfriado crônico, e quando contei isso a mamãe ela classificou o diagnóstico de idiotice e que eu estava dizendo bobagem para me mostrar por ser metida. E fiquei chocada com a palavra tão dura que machucou minha sensibilidade como se me agredissem com uma pedrada de paralelepípedo atirada por uma catapulta, e são palavras que tiro do dicionário mas depois me sinto muito fatigada e com cefaleia, palavra que também procurei no dicionário pesquisando por dor de cabeça.

O professor e Danielito foram servir o café do luto com biscoitinhos doces e um copinho de vinho do Porto.

Eu queria voltar para casa e o professor foi em busca da carroça de sempre e mamãe opinou que merecíamos um sono reparador e então voltamos, menos Petra que decidiu de algum modo ocupar o lugar deixado por Carina na triste casa de tia Ingrazia e Danielito.

Deixei claro que era sua obrigação já que ela era tão filha do casal quanto Carina e que eu ainda tinha uma irmã, Betina, e ela disse que eu tinha metade de uma irmã e o clima esquentado por causa da rixa de tia Nené com o professor precisava esfriar e embora mamãe tenha pronunciado mais palavras de pêsame, saímos todos com o rabo entre as pernas menos Betina que arrastava o seu, anímico e cada vez mais alongado, palavra que tirei do dicionário mas meu vocabulário enriquecendo a cada dia nunca poderia ser lúcido, porque a palavra falada se imbecilizava ao ser expelida pela minha boca.

Por isso tia Nené foi caminhando, e apesar de ter olhado várias vezes pra carroça nós não a convidamos. Sussurrou algo com sua bocarra desdentada porque, repito, joguei sua dentadura na privada em circunstâncias que não repetirei para não cansar quem tiver a oportunidade de me ler, e digo repetindo, quem tiver a oportunidade de me ler e ao mesmo tempo paciência, porque eu mesma me ouço e, se a palavra escrita for tão exaustivamente bobalhona como a falada por mim internamente, quem terminar essa melopeia absurda vai me amaldiçoar pelo tempo que lhe fiz perder sem poder negar que não conseguiu parar de ler porque encontrou no meio das minhas estúpidas amarguras de amor e morte muitas das vividas por si próprio ou própria se for uma dama.

E quando tia Nené chegou à casa da mãe ou da agora falecida dela, telefonou e minha mãe disse que aquela ligação não cheirava nada bem embora eu não tenha sentido cheiro de nenhuma flatulência de Betina que não estava presente, então nunca saberei o que mamãe farejou quando disse o que disse, mas deduzi na manhã seguinte quando o leiteiro veio xingando arruaias... pobre senhora... e a pobre senhora era tia Nené que havia escorregado no pátio da agora falecida dela, quebrando o pescoço, e o mais engraçado da história e aqui eu rio do absurdo (palavra do dicionário) mesmo sendo pecado, e o absurdo é que o escorregão de tia Nené foi numa flor que o vento arrastou até o pátio de lajotas e cujo nome é alegria-do-lar.

Segunda parte

O vizinho

Petra tinha ficado na cozinha da casa de tia Ingrazia. Quando lhe perguntei por que, ela piscou para mim e supus que estava tramando algo. Ponho ponto e minha cabeça começa a vrumvrumear então vou sair um pouco lá fora para me acalmar e já volto.

Volto e lembro o leitor que Petra é ou era irmã de Carina e que Carina deixou que o vizinho introduzisse um bebê na barriga dela embora eu não entenda isso muito bem, só sei que foi na cozinha e a piscadela de Petra estava associada à decisão de ocupar o lugar e deixar a lâmpada acesa para que o vizinho ao vê-la soubesse que podia pular obstáculos e ir ter com Carina que ficava vermelha como um tomate e sussurrava ele me dá cada beijo...

E é melhor eu contar logo a vocês que às quatro da manhã Petra pulou a cerca de cicuta e me fez um sinal com o dedo no lábio para eu ficar quieta e nos trancamos no meu quarto que eu ofereci para debelar (palavra do dicionário) qualquer inconveniente só que agora ela devia me contar sobre o bebê — vocês já sabem do que estou falando. Por causa desse ponto vou descansar.

E ela me disse que a coitada da Carina sofreu muito porque o vizinho velho e casado estragou a perereca dela e fez ela sangrar igual quando desceu e depois já não desceu e ela soube da gravidez quando tia Nené que agora deve estar prestando contas ao Altíssimo resolveu que fôssemos esvaziar a barriga do bebê pela honra da família, e o resto não vou repetir mas acho que o Altíssimo vai jogar tia Nené no abismo do Baixíssimo porque nunca se deve agir assim muito menos com alguém pequenininho que é indefeso e ela me garantiu que vingaria Carina e o bebê e eu perguntei de que maneira e ela explicou que o vizinho viu a lâmpada e num pulo já estava na cozinha e ela lhe disse que era especialista em séquissoral e começou ali mesmo se bem que vomitou logo depois e ele lhe prometeu um anel se ela continuasse com o séquissoral e ela aceitou. Procurei afoitamente o significado de séquissoral no dicionário e pela primeira vez minha pesquisa falhou, não me restava outro recurso a não ser perguntar cara a cara a Petra o que era séquissoral.

Mas eu já pus vírgula e ponto e minha cabeça faz ziriguidum e eu vou tomar um ar lá fora e já volto antes que apareça Petra cujas feições mudaram por causa da ira que ela sente pela injustiça que fizeram com Carina e pior ainda com o bebê embora não entendi como aquela criatura entrou na barriga da minha prima mas falei pra Petra que entendia e ela imediatamente garantiu que daria um jeito naquela balbúrdia de tanta injustiça com o famoso séquissoral das minhas angústias e do esquecimento dos senhores que fazem os dicionários ou então deve ser alguma palavra nova, porque agora existem muitas palavras novas.

Volto a meus papelões e pinto meus sentimentos dúvidas e formulações singulares sobre a vida, o devir e a morte e chego a conclusões nefastas, porque se a morte de tia Nené fazia sentido, não fazia sentido a do bebê de Carina nem a de Carina que não fez nada de errado e senão olhem quantas imagens da Virgem Maria pululam nas igrejas e nas casas onde a bela senhora sempre nina amorosamente o menininho e ali não tem nada de repulsivo e se alguém matou o menininho foi quando ele fez trinta e três anos e a religião conta que essa morte também foi injusta mas aquele jovem vai ressuscitar, ao contrário do bebê de Carina que eu gostaria de ter ninado.

Ai, como estou cansada de pontuações e vírgulas imprescindíveis (dicionário) para respirar pois senão me afogaria, mas não quero desaparecer até expor uma quantidade importante de pinturas no salão de belas-artes, o professor disse que seria uma exposição unipessoal ou seja de uma só pessoa que vem a ser esta que escreve estes documentos vitais que alguém vai ler e se admirar não pela escrita que carece de estilo literário, mas pela pintura que prenunciam e que será ribombante nos jornais e revistas e estou orgulhosa da minha obra e de que o professor me chame de menina da gravata pela minha semelhança com a moça melancólica de Modigliani. Tudo o que aconteceu está pintado nos meus papelões e é a história de uma família estranha e às vezes penso que todas as famílias devem ter algo de estranho e escondem isso, por exemplo Amalia, uma colega da Escola de Belas-Artes que me contou que para salvar sua família da fome e se dar ao luxo de estudar ela teve que ir para a cama com um homem ricaço e que toda vez que ia para a cama ele lhe dava dinheiro e ela entregava para sua mãe e ainda era suficiente para ela estudar e que da primeira vez o homem percebeu que era casta e perguntou por que tinha enganado ele dizendo que não era e já pelada na cama ela falou que era porque estava com fome e queria estudar e o homem não fez nada com ela e mandou ela se vestir e depois lhe deu um trabalho fixo e ela nunca mais viu ele e só depois de muitos anos chegou à conclusão de que aquele senhor foi o mais bonzinho que conheceu porque depois ela foi para a cama com outros e eu não via nada de errado nisso até ela me contar tudo com riqueza de detalhes e eu nunca mais me encontrei com aquela garota.

Mamãe dava suas aulas como sempre mas teve uma novidade que me pegou de surpresa e foi quando o professor propôs à minha mãe que lhe desse pouso em nossa casa, assim ajudaria também com o cuidado de Betina e de Yuna que sou eu caso vocês tenham esquecido e que ela podia ficar tranquila já que ele era um solteirão de quarenta anos e de conduta impecável e que também poderia ajudar Rufina na cozinha e como Petra que sempre estava por dentro de tudo ficou sabendo ela opinou como seria bom se o professor estivesse apaixonado pela minha mãe e eu não achei graça nenhuma, não porque sentisse algo sentimental pelo professor mas sim porque meu pai, embora tenha nos esquecido, vivia em algum lugar e mamãe era professora e tinha que ser um exemplo para as crianças e não dar o que falar às más línguas e eu perguntei isso ao professor e ele disse rindo que nunca pensou numa coisa tão absurda já que mamãe era uma dama decente e casada. Fiquei tranquila.

Descanso.

Dediquei pouco espaço à missa e outras cerimônias pela desaparição de tia Nené. Não senti bulhufas.

Descanso.

Evitarei pontos ou nunca terminarei essa melopeia.

O professor se mudou para o sótão e subia pela escadinha de madeira rangente devido à antiguidade e às umidades e com a ajuda do pessoal da mudança foi subindo a caminha o guarda-roupa uma mesinha e muitas trouxas e muitos livros e eu não gostava de ter ele tão perto porque já não significava uma novidade ir à Escola de Belas-Artes se bem que eu ia junto com ele e os outros pensavam que devia ser meu pai ou um namorado velho, os estúpidos não concebiam a amizade pela amizade por si só, que outra coisa não acontecia entre eu e o professor e juro pela alma de Carina que é a mais pura verdade juro de pés juntos e que o Senhor me castigue se estiver mentindo.

Ai... ai... ai... Respiro fundo e anuncio minha exposição de trinta papelões e dez telas e garanto que fiquei apavorada com a luz das câmeras fotográficas e o interesse do professor ao ler os jornais do dia seguinte onde diziam que eu valia o que pesava em ouro mas minha magreza mal denunciava quarenta quilos e eu disse isso e todos acharam que além de estupenda pintora eu era espirituosa e muito sociável.

Depois do ocorrido minha vida mudou porque começaram a me pedir ilustrações para livros e revistas e além do mais pediam minha presença na TV e pelas rádios para me perguntar não sei quê porque nunca fui pois tinha medo e sou muito tímida conforme o professor falou, mas que os pintores muito talentosos são esquisitos e que eu não me afligisse e continuasse com as minhas coisas porque ele era meu representante e se entenderia com a imprensa de TV e escrita.

Assim sendo me vieram umas inspirações enormes e eu sonhava os acontecimentos vividos transformando-os em figuras cada vez mais coloridas e belas que dentro da minha imaginação se moviam e conversavam comigo me obrigando a tirá-las de dentro e despejá-las nos papelões e nas telas e eu era tipo um ser estranho e dependente das ordens que aquelas formas ou figuras mandavam tiranicamente e que se eu não respondesse elas mordiam meu cérebro e meu coração com dentes de vidro quando a vivência tinha algum significado e exigia ser vertida numa tela ou papelão. Eu me sinto mal se não obedeço a essas vozes sussurrantes que incomodam e dou os parabéns para mim mesma quando, terminada a pintura, mãos invisíveis aplaudem tenuemente com batidas de asas de borboletas e gorjeios de inefáveis pássaros pequenininhos como beija-flores cantam loas e então eu entendo que a obra já vai para um concurso, para uma exposição.

Eu ficava surpresa que ninguém na minha casa reparasse nas novidades que minhas atividades conquistavam e no dinheiro que eu bancava e que não era pouco porque deu para aumentar a casa com um terraço e mais um quarto e adquirir novos móveis.

Eu me vestia com elegância, minha feminilidade ditava quais eram os modelos de trajes, vestidos, sapatos etc. que ficavam bons em mim e eu lia biografias de pintores com quem sem querer eu era parecida e isso me deixava feliz porque me garantia que a pintura era vocacional e não apenas um capricho de metida igual minha mãe disse fazia tempo e que agora não repetia mas eu nunca perdoei. Cheguei à conclusão de que eu ganhava mais do que ela, professorinha mixuruca e olhe lá. Descanso e saio para respirar o ar da aurora boreal.

O enigma do séquissoral

O professor é meu procurador.

Petra, que é maliciosa, disse para eu ter cuidado com procuradores que dão uma de espertos com dinheiros e títulos etc. dos que confiam neles e que lamentava não ser maior de idade para ser minha procuradora porque ela sim tinha as mãos limpas e aquilo me chamou atenção porque nunca reparei que as do professor fossem sujas mas não falei nada, seguindo os conselhos de minha já falecida avó mãe de mamãe que dizia que em boca fechada não entra mosquito e embora eu não entenda o ditado, intuo (palavra do dicionário) que ele condiz com o parlamento da minha prima Petra.

Ai... os pontos... eles cansam mas põem dentro da cabeça ideias tantas que se atropelam e depois já não sei mais o que era que eu tinha interesse em esclarecer, mas ao ver Petra a ideia me vem e lembrei que devo perguntar a ela sobre o séquissoral que eu não encontro no dicionário.

Descanso. Ai...

Quando interpelei Petra sobre o termo ela deu uma gargalhada e gritou sua imbecil, com mais de dezoito anos não sabe nem pronunciar, e com pose de professora ela pronunciou sexo oral e eu boquiaberta continuei a ver navios e implorei que me esclarecesse o assunto porque sentia que devia ser isso que todas as garotas praticam segundo Petra, e ela sentou numa cadeira e me disse faz de conta que sou homem, no caso o tal do chacreiro que engravidou Carina, e sentada ela abriu as pernas e me pediu para imaginar que ela, sendo homem, teria no lugar da perereca um pênis e que pênis significava o pinto por onde os homens mijam e não a perereca por onde nós mulheres fazemos, e que para não engravidar não pode deixar meter o pênis na perereca porque o sêmen que o pinto expele é o que contamina e depois vem o pior, a gravidez, e que ela propôs ao homem do sítio fazer sexo oral e ele aceitou de bom grado. Ai, como estou cansada...

Continuou explicando sempre sentada com as pernas abertas e contou que sexo oral significa o homem pôr o pinto na boca da mulher e ela chupar como se chupasse qualquer fruta ou bala e de repente saía o sêmen mas que por essa via não engravidava e eu vomitei ali mesmo e ela furiosa e com razão jurou que nunca mais me explicaria coisas íntimas, se bem que eu deveria saber para não acontecer comigo o mesmo que com a inocente Carina e seu bebê e que qualquer homem para não se comprometer aceita o sexo oral e que ela achava que são tão porcos que eles gostam mais assim do que do jeito normal, e também que os casados solicitam desse jeito porque filhos eles têm com as esposas casadas com eles no papel e na igreja e que ela que era dois anos mais nova do que eu ganhava dinheiro com essa prática e ninguém sabia e ela confiava que eu não contaria nada, porque abriu meus olhos para que ninguém me pusesse o pênis na perereca e depois morresse de infecção como Carina e o bebê e eu lhe pedi desculpas por ter vomitado e lhe agradeci pela aula de sexo oral, muito útil mas que eu jamais praticaria por causa do meu estômago delicado e do meu fígado que sofreu de hepatite e outras faltas de imunidades (palavra do dicionário) que me levariam ao hospital.

E que no hospital eu morreria de vergonha contando aos doutores a origem da minha indisposição. Eu nunca faria aquelas coisas, afinal ganhava bem com as pinturas e as ilustrações que me pediam de jornais e revistas e mesmo que não ganhasse preferiria trabalhar por horas como a mãe de Filomena e também Filomena que eram vizinhas pobres porém decentes e Petra puxou meu cabelo quando falei que as duas Filomenas eram decentes porque notou o que eu pensava dela e de novo pedi desculpas por favor e ela me perdoou.

A decisão de Petra

Petra filha de tia Ingrazia e irmã de Carina, apesar de Carina estar defunta era irmã mesmo assim, resolveu dormir na cozinha e falou para tia Ingrazia que não sentia frio ali porque o fogão permanecia aceso durante a noite e tia Ingrazia permitiu, agora ela permitia tudo porque Petra era a única filhinha que restava embora seu marido, o primo Danielito, dormisse com ela no quarto grande e na cama de casal protegidos por um quadro do Coração de Jesus que olhava para eles da parede e que tia Ingrazia cobria com uma toalha toda vez que eles agiam como casal apaixonado. Não vou mais dizer que os pontos e as vírgulas me cansam porque vou passar vexame e aqueles bons leitores que simpatizarem comigo vão deixar de me ler.

Não me lembro se escrevi que Petra era liliputiana devido à sua estatura, foi o que disseram os médicos, quando nasceu ela cabia na palma de uma mão e assim entrou na igreja a madrinha carregando ela como se fosse uma oferenda e todos os membros da família sempre contam isso e também que acreditavam que ela não sobreviveria só que se enganaram porque ela já tinha seus aninhos e sabia mais da vida do que eu que vou fazer dezenove.

Ela batia na minha cintura porque sou alta de um metro e setenta e magra e ela é gorda com uma cara que parece uma maçã deliciosa. Me garantiu que no começo o chacreiro vizinho vinha à noite pulando a mureta uma vez por semana mas ela com o truque do sexo oral empolgou ele de tal maneira que agora ele vinha dia sim dia não, ou melhor, noite sim noite não e às vezes vinha sempre e cada vez mais cedo então ela propôs a ele para evitar qualquer suspeita da vizinhança porque na mercearia perguntaram quem pulava a cerca e ela não soube o que responder então, repito, ela propôs a ele variar as visitas, ou seja, uma vez viria ele e outra vez seria ela que também sabia não pular mas sim trepar e se encontrariam no galpão onde ele guardava as batatas e outros legumes e hortaliças e também frutas e flores e ele aceitou mas sugerindo que continuassem como de costume por mais uma semana e ela concordou.

Não sei por que uma sombra de dúvida que depois pintei num papelão enviesou (palavra do dicionário) o ambiente e me levou a perguntar a Petra o que ela tinha *in mente*, porque entre um assunto e outro ela que era uma matraca fazia parênteses e Petra riu tanto que a maçãzinha deliciosa ou seja sua cara bochechuda parecia uma bola de fogo diabólica, e aquilo me assustou e ela percebeu e me disse que o vizinho lhe disse que se não fosse casado se casaria com ela e eu me assustei de novo porque pensei que iriam matar a esposa do homem e ela leu meus pensamentos e falou que seria possível mas não de todo para evitar inconvenientes com as autoridades e que alguma coisa ela faria.

Aconselhei que não fizessem mal para uma inocente e ela respondeu que Carina sim era uma inocente então eu peguei ela pelo braço e repeti não vão matar a esposa que já tem castigo suficiente com um marido idiota e ela gritou para eu soltar seu bracinho que estava machucando e que eu deduzisse que ela carecendo de força dificilmente poderia exterminar a esposa italiana grandalhona feito quatro sacos de batata empilhados um em cima do outro.

Vou deixar Petra com seu odioso namorado um pouco e agora vejo o professor subindo a escadinha do sótão com alguns livros. O professor ajuda bastante em casa e mamãe está mais gorda e Rufina também, e reparei que o professor me ignora porque na verdade não preciso mais dele pois me basto sozinha para ir de casa à Belas-Artes e às aulas particulares que faço com uma senhora que foi pintora e cantora e cujo nome é dona Lola e é tão bem-nascida que usa dois sobrenomes, Juliánez Islas, e é professora da escola que fica perto da casa dela e que se chama Miss Mary O'Graham onde vão senhoritas distintas como dona Lola, e a diretora me ofereceu o salão de eventos para expor já que o professor também leciona desenho nessa escola e o professor me aconselhou a não falar durante o evento e disse que escreveria uma página para eu ler ensaiando antes mas que bastaria verem a qualidade das minhas pinturas para me adorarem e me incluírem no rol das senhoritas mas que eu não deveria aceitar porque era diferente e então a qualidade de obra e expositora e dele como promotor poderia ser rebaixada e eu lhe perguntei se minha pessoa era um monstro para aquelas senhoras e senhoritas e ele me respondeu que não era para tanto mas que era preciso manter as formalidades.

Fui na Gath & Chaves escolher um terninho de tweed com gola de veludo, comprei meias, sapatos de fivela e uma pasta na loja que vende couros, ou melhor, artigos de couro e ali eu guardaria meus papelões menores pois as telas e as pinturas grandes o professor levaria.

O entusiasmo e os sinais de pontuação que não citarei me fatigaram tanto que vou descansar e depois continuo.

Quando a exposição foi levada a cabo

Quando penduraram os quadros no salão enorme puseram uma luzinha nos mais importantes para se destacarem e vi que quase todos os meus estavam iluminados e assinados Yuna Riglos, mas isso de Riglos era invenção do professor porque o sobrenome do meu pai é López, e quando a senhorita mais velha leu Riglos acho que se esqueceu do motivo pintado e veio me perguntar se eu era dos Riglos parentes dos... não me lembro quem e eu disse a ela que me chamava Yuna López e que Riglos corria por conta do professor e a senhorita exclamou ah... e se afastou como para contemplar outro quadro mas logo depois vi ela sair e pensei que não voltaria mais e quando o professor veio me dizer que quando perguntassem se meu sobrenome era Riglos eu confirmasse, aí já era tarde porque a senhorita que perguntou já sabia a mentira mas meus trabalhos deviam estar agradando, pensei, apesar do meu sobrenome ser López e não falei nada para o professor mas ele caiu vários pontos no afeto respeitoso que eu nutria por ele.

A exposição durou uma semana e compraram dez quadros meus mas notei certa frieza para com a minha pessoa não sei se frieza mas algo semelhante que me fazia suspeitar que nunca me incluiriam no rol, o que significou um alívio porque eu precisava do meu tempo para estudar e pintar afinal não servia para outra coisa nem para desamarrar um nó ou abrir uma garrafa.

Felizmente os jornais divulgaram o evento e embora eu não tenha notado, algum fotógrafo tirou uma foto minha que apareceu no jornal ao lado da minha obra *Decepção*.

Decepção é um longo traço cor de chumbo que cai num lago cheio de penas e pétalas de rosa e o fundo mostra um tom vermelho desbotado e no meu sentimento significa uma passagem de *Hamlet*, a de Ofélia se afogando no lago.

Quando descrevo minhas obras eu falo como uma artista mas só com meus botões pois do contrário mancharia o significado do que eu quis dar à luz.

Depois participei de outras exposições mais importantes e adotei o pseudônimo Riglos, quer dizer Yuna Riglos, e o professor sempre me acompanhava e uma vez me prometeu viajar para a Europa se as coisas corressem bem embora ainda espero ir à Europa porém sozinha porque cheguei à conclusão de que é melhor se dar bem consigo mesma mas nunca vou deixar de reconhecer o quanto devo ao professor porque não sou ingrata que é a pior coisa que uma pessoa pode ser além de egoísta e invejosa e topei com gente assim a cada passo mas que culpa tenho eu de ser tão brilhante na arte da pintura e tenho certeza que sou porque um senhor me chamou de "a nova Pettoruti" e visitei exposições desse pintor e fiquei maravilhada.

O professor que é meu procurador disse que se eu continuar vendendo, dentro de dois ou três anos poderei comprar um apartamento pequeno para mim mas que não é bom crescer na dependência da família ou como ele que aos quarenta e poucos anos não tem moradia própria.

Compro livros de artistas e me apaixono por Picasso e pelos franceses pontilhistas e decidi que quando puder viajarei a Paris para visitar o Louvre. Por ora, meus dezenove anos me detêm na casa de mamãe que logo vai se aposentar do magistério e às vezes fica sentada no quintal olhando o cair da tarde e eu sei que ela se lembra de papai que nunca mais voltou e é capaz de ter morrido ou sabe-se lá o quê...

Minhas atividades logram que eu consiga articular minhas conversas com fluência, não total mas se continuar assim e lendo livros toda noite deixarei de ser diferente embora eu duvide muito e não me importe. Tem um rapazote que olha para mim e anda de bicicleta não muito bem-vestido, nota-se que é pobre e deve trabalhar de pedreiro ou limpando bueiros digo isso pelas manchas da roupa dele e a aspereza de suas mãos... mas ele é um pão e quando me olha seus olhos brilham e são cor de mel e ele parece o Gary Cooper no filme *Matar ou morrer* e eu espero ele passar de bicicleta e se vou à Belas-Artes ele tenta se aproximar e me diz pequenina porém linda e de noite eu pinto além da conta sem me cansar porque talvez esteja apaixonada mas nunca direi isso a ele e muito menos a Petra que me contou imundícies e vai rir de mim ou achar que pratico o ato sexual... nunca, ninguém jamais ficará sabendo sobre o garoto da bicicleta porque o que pode acontecer entre um homem e uma mulher é nojento e eu nunca suportaria isso. Daí que vou mudar de rua para evitar o garoto da bicicleta pois lembro o que minha avó dizia, mãe de mamãe que está morta e ela dizia o homem é fogo, a mulher é estopa: vem o diabo e assopra, e do jeito que estopa é inflamável não precisa dizer mais nada e eu sei que vou chorar de noite se puder porque promessa é dívida e vou cumprir não ver mais o garoto da bicicleta. Mas numa tela pintarei o brilho do seu olhar que é uma beleza como nunca mais verei... e fazer o quê... assim são as coisas e o cansaço daquilo que vocês já sabem me obriga a parar a escrita mas depois eu volto.

Quando Petra cumpre sua tarefa

Estive tão ocupada nos últimos tempos que não parava em casa a não ser para comer ou então comia algo leve por aí e fui perdendo de vista Petra, Betina, tia Ingrazia e Danielito e também Rufina, porque eu voava feito um passarinho para cumprir com os compromissos assumidos pena que nunca pude dar palestras por causa da minha dificuldade com a palavra falada e os clarões desérticos que surgiam dentro da minha cabeça aonde iam parar motivações inspiradas em objetos e sujeitos, em sentimentos ou alegoria que depois eu vertia nas minhas obras já que eu significava um elo (dicionário) entre algo e alguém, algo que obrigava e algo que brotava como água da fonte e eis aí a criação.

Um final de tarde Petra veio me contar que o que havia proposto ao vizinho já estava sendo levado a cabo, uma noite pulava ele e na outra trepava ela e sempre praticavam aquilo que vocês sabem e me desculpem mas eu escrevo com franqueza.

Perguntei a Petra se ela sentia amor pelo vizinho e ela me disse que sentia amor pela lembrança de Carina que foi sua irmãzinha grávida por aquele urso vendedor de batatas e que ele tinha toda a certeza de que ela o adorava, porque para praticar aquilo que vocês sabem é preciso amar profundamente do contrário ele deixaria de amá-la e pensaria que ela era uma prostituta o que significa que o batateiro confessava alguns ideais mas o fato de ter se aproveitado da angelical Carina botava tudo abaixo no chão de terra do galpão sujo onde ele se deitava de vez em quando com Petra.

E assim passaram mais seis meses — que somados ao ano em que começou a ginástica de pulo e trepada já dava um ano e meio — e um dia, sempre na hora do crepúsculo, Petra veio e eu reparei que ela estava estranha pálida e não diria medrosa porque a anã liliputiana não tinha medo de nada e acho que se tivesse cometido um crime, por exemplo envenenar a mulher do vizinho batateiro, não teria dificuldade de escapulir por qualquer rachadura feito uma barata. Mesmo assim eu disse a ela que a notava nervosa e notava que ela mantinha a mãozinha de macaca sagui no bolso e como observei isso ela tirou a mãozinha dali e ajeitou a franjinha que enfeitava sua testa mas não me convenceu a simulação de calma exagerada pelo gesto de tirar a mão de um lugar e botar em outro olhando para ver se sua atitude convencia, o que não me convenceu, e voltei a lhe pedir dessa vez pra que não machucasse nem com o pensamento a batateira que era tão inocente quanto Carina apesar de velha e ordinária, e ela me jurou pela memória da falecidinha e do bebê que nunca tramou machucar a batateira nem com o pensamento e me acalmou.

Só agora eu sei que não sou tão intuitiva.

Desespero da mulher do vizinho que alvoroçou o bairro

Naquela noite me deitei à meia-noite e não conseguia dormir quando ouvi os berros da vizinha mulher do batateiro que aquela noite devia esperar Petra para aquilo que vocês sabem, e junto com os gritos da mulher ouvi uma batida na porta do meu dormitório e era Petra que entrou imediatamente no meu banheirinho para tomar banho e lavar certas roupas íntimas. Ninguém ouviu sua desesperada visita e fui ao banheiro e ela estava dentro da banheira se ensaboando e eu vi que a água estava rosadinha como quando lavamos pedaços de coxa e sobrecoxa galináceos e Petra me disse fecha a porta e vamos dormir nós duas juntas e amanhã você diz que eu passei a noite inteira dormindo aqui e garanti a ela que obedeceria mas só se ela me garantisse que o sangue não era da mulher do vizinho e ela jurou de novo que não.

Como eu tinha ouvido os gritos da mulher supus que não era ela a vitimada (dicionário).

Ajudei Petra a tomar banho até apagar qualquer manchinha de sangue também da roupa dela que pusemos para secar perto do forno e do fogão e quando peguei o casaco caiu do bolso um canivete que eu mergulhei na banheira e Petra recomendou que eu botasse luvas de borracha e voltasse para lavar o canivete que segundo ela era uma navalha sevilhana e eu obedeci, sequei a navalha e a embrulhei num papel de jornal.

Depois Petra falou com tia Ingrazia, mãe dela, e explicou que fomos caminhar e como já era tarde ela ficaria para dormir na minha casa e também para me ajudar a limpar o quarto respingado de tinta e me implorou que se alguém perguntasse se ela tinha passado a noite na minha casa eu devia dizer que sim e que repetisse tudo o que ela dissera à sua mãe porque senão ela estaria encrencada e fomos dormir que estávamos bem precisando.

Como eu não conseguia pregar o olho, levantei e fui pintar dois papelões um com o título de *Anã nua* e o outro com o título de *Anã vestida* e caso alguém duvidasse da sua estadia na minha casa no dia e na noite anterior, ali estava a prova de que Petra não só ajudou como também serviu de modelo para sua prima pintora (eu) digna de respeito e conhecida no meio artístico. Agora eu pressentia os horrores que leria no jornal na manhã seguinte mas que por discrição não perguntei à minha prima e também por pena e pela memória viva da falecida Carina e seu bebê.

Então Petra se levantou para cevar mate e admirada com seus retratos deu gritinhos de macaca do zoológico e eu disse a ela que se questionassem ela deveria dizer que tinha posado durante quase a noite inteira e ela me abraçou e exclamou você é uma gênia e continuamos tomando mate com *medialunas* até o meio-dia quando abrimos o jornal que eu já havia folheado e sugeri a Petra que lesse as notícias sem demonstrar saber nada de antemão (dicionário) e que não fizéssemos ainda nenhum comentário sobre o sangrento episódio, e como morávamos perto saímos para ver quando a ambulância escandalosamente levou dentro de um saco o que julgamos ser um cadáver embora soubéssemos do que se tratava.

O jornal trazia uma reportagem assustadora e a foto do vizinho caído no chão do galpão das batatas, batatas-doces, hortaliças, flores e frutas numa poça grandona de sangue com as pernas abertas e a boca cheia com o pênis e todo o resto que Petra me cochichou serem testículos vulgarmente chamados de saco ou bolas mas que o nome anatômico é testículos e o vizinho com tudo aquilo dentro da boca e destroçado na virilha parecia um farrapo daqueles que se jogam fora porque não prestam mais, e ao lado na foto estava a esposa arrancando os cabelos desesperada e não dava para ouvir os gritos porque as fotografias não permitem mas bem que se adivinhava pela boca aberta da pobre senhora que ela estava gritando daquele jeito que o bairro inteiro tinha ouvido de noite e Petra olhou para mim e disse que horror pobre senhor tão bom quem será que fez esse estrago o que significa isso quem será que escangalhou ele e eu, olhando para ela com olhos impassíveis, respondi Vai saber... e dobramos o jornal para que mamãe, o professor e Rufina pudessem ler.

Acompanhei Petra até sua casa para mostrar os retratos à tia Ingrazia mãe de Petra e pedir permissão a ela para Petra ficar uns dias em casa porque eu queria me inspirar em poses dela que por ser diferente poderiam interessar e ser muito vendáveis, ao que Ingrazia consentiu com prazer porque é bom que as primas se amiguem e minha companhia faria muito bem a Petra.

Eu guardava no bolso a sevilhana embrulhada em papel-jornal e Petra me contou que tinha pegado ela da gaveta de ferramentas do seu pai, tio Danielito, e num descuido eu fui lá e sem tocar nela a devolvi ao lugar indicado.

No bairro alvoroçado pensaram que devia ser uma vingança considerando o horror do crime.

Que barbaridade nós dissemos e mais nada e fomos dar os pêsames à família do tragicamente desaparecido senhor das batatas, batatas-doces, hortaliças, flores e frutas e a viúva nos beijou agradecendo e nos deu uma dúzia de mexericas.

E pronto. Nunca mais se tocou no assunto embora a polícia fosse de casa em casa interrogando. Mas diante da impossibilidade de encontrar culpados naquela vilória e como o homem era italiano, diagnosticaram *vendetta* que significa vingança em italiano e em silêncio pensei comigo que era disso que se tratava e passados quinze dias ninguém mais se lembrou do batateiro.

E foi assim que Petra se juntou aos moradores da minha casa que com a ajuda do professor, minha ajuda e a aposentadoria de mamãe que tinha recém se aposentado parecia outra casa, e minha irmã Betina teve seu quarto solitário que lhe permitia acomodar o rabo da alma que parecia ter interrompido seu crescimento, o que me fez deduzir que talvez já não faleceria logo e ela estava melhor com as balas e bombons e bugigangas que ganhava do professor que tinha se afeiçoado e simpatizado com ela e embora quisesse ensiná-la a escrever não conseguiu porque Betina enfiou o lápis no olho dele de brincadeira não por maldade e deixou vermelho o olho do bom professor.

Perto da casa de mamãe e portanto nossa ficava e fica o parque Saavedra onde agora eu ia sempre pintar me sentando num dos bancos de mármore de onde eu admirava a fonte dos querubins (dicionário) e também avistava a pequena ponte e a estatueta do anjo segurando um peixe e também outras estátuas e a de Saavedra que foi um prócere conforme ensinaram na escola mas eu já não lembro o que ele fez para ser prócere, porém história nunca foi fácil para mim e na verdade nenhuma matéria foi fácil para mim só desenho e pintura.

Um sábado fui me sentar no banco levando um papelão para pintar a fonte, não como era vulgarmente mas como eu a sentia dentro de mim e iam brotando asinhas e mais asinhas sobre um fundo lilás com raios azulinos e uma plataforma muito branca onde pensei pintar pedículos de criancinhas descalças salpicados de ouro das estrelas e de alvor tênue de lua crescente, dessa lua que parece uma sobrancelha depilada e que se vê no rosto das artistas de cinema e senhoritas elegantes e daqui a um ano vou depilar minhas sobrancelhas igualzinho embora o professor tenha dito que minhas sobrancelhas são bem proporcionais em relação aos outros traços do meu rosto e que se eu depilasse perderia a personalidade e que minha personalidade era avassaladora desde que eu não falasse muito porque minha forma de expressão é estranha e talvez faça rir os ouvintes que mesmo que não comentassem notariam minha deficiência e conhecendo minhas primas — que se não tinham algo a mais tinham a menos — concluiriam que eu não era normal e, pior, se desinteressariam pelas minhas pinturas e à noite em frente ao espelho com a pinça de depilar na mão e já sentindo o frio do aço não tive coragem porque o professor nunca se enganava e eu devia a ele tudo o que tinha conquistado e além do mais o amava com respeito como se fosse um pai, e se meu pai estivesse conosco eu também o amaria assim mas nos abandonou e eu mal lembrava dele.

Enquanto elucubrava (idem) essas bobagens tive a impressão de ver passar na esquina que dá para o Hospital de Crianças um carrinho empurrado por um homem parecido com o professor mas o professor se parecia com qualquer outro homem empurrando um carrinho na saída do hospital onde, já sabemos, tratam crianças por moléstias de saúde.

E assim fiquei quietinha olhando naquela direção porque se o homem tinha entrado no hospital eu veria ele sair e fiquei bastante tempo com o motivo da pintura sem terminar e nada vi sair do edifício de saúde.

Lembrem-se que quando pontuo tenho que descansar e o espaço da minha cabeça transborda de formas e de ideias que se eu continuasse olhando para o ponto não me sairia nada. Descanso.

Já caía o crepúsculo e não fazia frio porque a primavera já completava um mês no calendário e as árvores começavam a se vestir de folhas e flores e eu gostava das acácias, das laranjeiras. As giestas e algumas tílias pareciam se animar e enquanto olhava para outro lado acrescentei algumas verdes e amarelas mas eu sei que o amarelo me dá azar então parei com o amarelo pondo um rosa fraquinho feito água onde se lavou o sangue de alguma ferida e senti um arrepio gelado lembrando de Petra junto com a água rosada e da nossa aventura que jurei esquecer mas não conseguia e às vezes sonhava com a aventura e com as mexericas que ganhamos da viúva do homem que pulava quando Petra trepava e passo a passo consegui transformar aquele objetivo em algo subjetivo ou seja criado por mim e agora talvez porque caía a noite eu senti um pouco de medo e levantei do banco de mármore para ir embora do parque e voltar devagarinho para casa.

Foi então que eu estava indo por uma rua e nas esquinas eu olhava para ver se não vinha nenhum veículo e vi que pela rua paralela (idem) um homem empurrava um carrinho e que o homem era meu professor empurrando o carrinho de Betina que vinha comendo pipoca de mel e ela ria alto com seu vozeirão grave porque Betina mesmo pequenininha tinha vozeirão de homem e também tinha esse vozeirão quando falava as poucas palavras que aprendeu para pedir xixi e cocô e comida e agora ela ria e ria enquanto o professor assobiava uma barcarola que parecia uma canção de ninar e eu vi que o rabo que Betina arrastava e que saía da fenda do encosto e do assento da cadeirinha dava pulinhos acompanhando a assobiada professoral, ou seja dançando, e no meio do rabo que não é outra coisa senão a alma que parecia ter interrompido seu crescimento, flamejava uma rosa vermelha como sangue que, embora me dê vergonha, já que sempre escrevo com franqueza, não só parecia como era sangue de perereca recém-estreada e me sentei no meio-fio de uma calçada porque nunca pude suspeitar, nunca, que o professor fosse capaz de se atiçar que nem o homem que vocês já sabem e não quero descrever. Mas pensei comigo talvez minha imaginação esteja me pregando uma peça e não seja nada disso e sim uma pintura ao ar primaveral do crepúsculo perfumado e nauseante, e resolvi seguir meu caminho e não dizer nada a ninguém que para isso eu estava treinada no caso que vocês já conhecem e que nunca mais vou repetir.

Descanso. Cheguei em casa e fui para o meu quarto terminar a pintura e acrescentei mais dois pés e duas rodas à frente e no meio do motivo uma grande rosa sangrenta cujas pétalas queimadas por um calor maligno iam caindo no azul lilás do fundo.

Agora no meu quarto também dormia Petra que havia trazido sozinha a cama até meu quarto ajudada por um moço do bairro e dividiríamos o guarda-roupa. Também trouxe um rádio.

A casa tinha mudado de aspecto porque já não faltava nada e comíamos bem embora eu preferisse comer fora para pensar e evitar de ver as mastigações de Betina que cada vez tinha mais fome e evitar aquela cara tristíssima de mamãe que cada vez tinha menos fome e evitar o professor que junto com Rufina se empenhava em servir e cozinhar e ocupar um lugar que esteve desocupado e que corresponderia ao do meu pai apesar de ter nos abandonado mas à medida que eu crescia em capacidade de conhecimento somava a esta a capacidade de curiosidade e de sentimento embora eu soubesse de antemão que nunca saberia onde meu pai estava mas que se não fosse por ele eu não estaria pintando e ganhando dinheiro e bastante e que até pude comprar um casaquinho de pele de potro numa pelaria famosa da minha cidade que ficava lindo em mim e eu percebia que ficava lindo pelas cantadas que os homens me davam quando eu saía da Belas-Artes e eu já tinha me acostumado a comer fora e que olhassem fixamente para mim porque sabiam que eu era a pintora Yuna Riglos mas vocês estão cientes que Riglos era uma invenção do professor para que meus papelões e telas fossem mais valorizados porque assim é o ser humano e se eu assinasse Yuna López não venderia tanto e diziam por aí que adquiri um Riglos.

Descanso.

Para mim era a glória quando diziam adquiri um Riglos como se pronunciassem adquiri um Pettoruti ou um Degas. Além do mais o professor, e isso me favorecia, não indicava que cor ou motivo eu tinha que usar e sempre me incentivava e arranjava lugares de exposição, e uma vez fui capa de revista de artes plásticas e saí tão bonita que meu professor disse que eu estava idêntica à menina da gravata que já mencionei antes e minha alegria foi tanta que quase pulo em cima dele como antes quando começou a me dar aula e depois me disse chega porque eu já tinha os peitinhos salientes, não muito porque sempre fui magricela mas meu estado já havia mudado porque eu não era menina e sim mocinha e vocês sabem a que me refiro...

Descanso.

Como o professor já morava em casa devo chamá-lo pelo nome pois não sei por que cargas-d'água eu sentia que ele era como um parente e direi que seu nome era José e seu sobrenome Camaleón. José Camaleón, o professor, agora mandava bastante numa casa de mulheres ou meio mulheres pois cada uma de nós tinha algo faltando ou falhando.

Quanto a Petra, a novidade é que se pintava como uma palhaça e parecia uma bonequinha de bolo de aniversário borboleteando pra lá e pra cá, pestanuda e bocuda e bochechuda porque as bochechas ou faces ela pintava em rodelas de vermelho como se sua natureza já não fosse desse tom que aumentado dava a sensação de maquiada com rolo de pintura.

    Quanto à sua vestimenta, disse ela, era mais sexy porque eu lhe pagava cinquenta pesos por mês para limpar o quarto e lavar a roupa de baixo, resolver incumbências e tudo o mais e ela tinha que recorrer a modista chique porque tamanhos da sua medida desmedida não existiam de fábrica, eu olhava ela se vestir e ficava feliz de vê-la contente e tinha certeza que homem nenhum poderia enganá-la porque vocês sabem que ela sabia...

Terceira parte

Inauguração da churrasqueira

Não consigo me acostumar a chamar o professor de dom José mas foi ele que pediu e se eu quisesse chamá-lo só de José tudo bem porque ele se sentia parte da família embora só conhecesse tia Ingrazia e tio Danielito de passagem, e mamãe resolveu fazer uma reunião nos fundos onde dom José colocou uma churrasqueira muito bonita para churrascos e uma mesa comprida e dois bancos também compridos e cadeiras de palha. Não faltava nada nem a lenha para o fogo que consistia em dormentes da ferrovia vendidos pela viúva daquele morto que vocês sabem e assim com outros aditamentos (dicionário) o churrasco seria de lamber os beiços e quando o professor disse isso uma náusea (idem) percorreu meu corpo inteiro e quase vomitei, só que não. Nos últimos tempos certas palavras me davam náuseas por coisas do passado que desgraçadamente nunca passam por completo e azedam até o dia mais esplendoroso (idem).

Acho que o dicionário me beneficia, acho que superarei dificuldades que antes supus insuperáveis e não vou contar o que tenho *in mente* que é o seguinte: se eu me livrar por completo das minhas deficiências vou morar sozinha porque tanta gente cansa e eu vejo em profundo tanto quanto falo em superficial e o que vejo em profundo não me agrada e à distância vai me doer menos ou não vou me importar porque a cada minuto eu me afasto mais e mais disso que chamam de família e a cada minuto levo mais em consideração a mim mesma.

Comprei uma tela grande para pintar meu mundo.

Amarelo me dá azar e sou supersticiosa mas aqui ele vai ser imprescindível para mim como para certos pintores que depois sofreram ataques de loucura e de suicídio mas no meu caso o primeiro seria inevitável porque minha família deixa muito a desejar e o segundo depende de mim e sem chance.

Para inaugurar a churrasqueira dom José escolheu o dia do aniversário de Betina que é 20 de setembro, último dia do inverno porque dia 21 começa a primavera. Minha irmã passou a ser alguém a partir do momento dessa escolha.

Betina estava sentada ao sol na sua cadeirinha brincando com palitos de dentes na mesinha acoplada à cadeirinha, olhei melhor e vi que não eram palitos de dentes comuns e sim pauzinhos de montar casinhas, banquinhos e muitas coisas corriqueiras mas Betina tinha os braços tão curtos que para montar pela esquerda ela tinha que inclinar o corpo todo nessa direção e para montar pela direita também e assim o trabalho inteiro desmoronava.

Ela chutava com suas pernocas tão curtas que não chutava nada além do ar e então ela chorava nervosa e por que não dizer também furiosa e claro, faz sentido, ela queria criar alguma coisa e não conseguia por ser deficiente total, pelo menos o rabo anímico havia diminuído e a meu ver ela estava bem melhor de aparência.

Eu era cerca de um ano mais velha e quando alguém comentava isso insistiam que não era possível mas era sim.

Betina falava pouco e às vezes conseguia se expressar através de uma frase inteira como daquela vez que ela gritou quando desceu seu desenvolvimento mas como a repreenderam talvez depois disso falou menos e preferiu vrumvrumear para não ser repreendida porém se ela tivesse tentado e se o que eu vi na rua paralela não era fruto da minha imaginação, talvez Betina teria explicado situações que eu intuía mas como em boca fechada não entra mosquito fiquei quieta e embora notasse mudanças na pequena monstra, que Betina não era mais do que isso, animada e serena eu contaria a mamãe o que pensei ter visto naquele crepúsculo e também certas atitudes de Betina e de mais alguém que por ora não cito mas fofocarei com Petra e vamos ver o que sai desse fuzuê todo.

Petra estava encerando o chão do nosso quarto e eu a chamei e ela já vou e continuou encerando até terminar. Foi lavar as mãos e veio ver do que se tratava.

Comentei que notava uma mudança na casa e nas atitudes das pessoas que a habitavam o que incluía nós duas e ela, secando as mãos no avental, me disse que era lógico porque graças aos dinheiros que entravam a casa estava arrumada e sempre tinha comida muito boa pena que eu costumava comer fora senão teria percebido as atenções que José prodigava especialmente a Betina que para ela estava demasiado redonda e a tábua da mesinha já espremia seu estômago e comentei com ela sobre o rabinho de alma com riqueza de detalhes e Petra respondeu que aquilo era bobagem de artista e que todo artista era esquisito e meio louco e que eu não ficasse brava mas que eu também entrava nessa espécie humana e que ela daria dez centímetros da sua estatura para ser pintora ou escritora ou escultora e que embora não reclamasse sabia que a chamavam de anã liliputiana mas tolerava porque cada um é como a puta que o pariu e pronto. Descanso.

Notei que ela estava um tanto ofendida se bem que a ofendida devia ser eu por me chamar de esquisita e meio louca mas Petra não batia nem na minha cintura e, digna de pena, não merecia que ninguém a repreendesse ou lhe dissesse palavras grossas.

Pobre Petra quanto trabalho extra realizou para vingar a inocência perdida de Carina e quanta tristeza devia carregar dentro de si — e isso eu só percebi agora — por ser anã desde que nasceu e assim seria até a morte, então fiz carinho na sua cabeça pequena e perguntei aonde ela ia aquela tarde e ela me disse que trabalhar. Perguntei se precisava que eu lhe desse um aumento de dez ou vinte pesos caso vendesse o quadro grande que eu já estava quase terminando e ela não aceitou porque ganhava muito exercendo seu ofício, foi o que disse.

Qual ofício questionei e ela pícara (dicionário) respondeu que o mais antigo do mundo mas sem sexo oral porque lhe dava ânsia e ela não precisava mais que nenhum de seus clientes entrasse em êxtase absoluto porque não cortaria pênis porque nenhum de seus clientes tinha lhe feito mal já que usava preservativo durante as sessões amorosas. Procurou no bolso e tirou umas bexiguinhas de látex ou algo assim e me deu todo tipo de explicação recomendando que nunca fizesse amor sem obrigar o cavalheiro da vez a usar essas bexiguinhas, algumas coloridas, e quando ela encheu uma eu entendi onde devia ser colocada pelo cavalheiro que fosse cliente, como Petra designava. E a imagem do garoto da bicicleta surgiu entre a névoa da minha inspiração e tive um ataque de riso porque imaginei ele colocando o preservativo onde naturalmente deve ser colocado e o sentimento de saudade que às vezes me acometia se diluiu como um punhado de areia por entre os dedos e o garoto parecido com o Gary Cooper de minhas adolescentes angústias (idem) também virou nada entre o nada da mão junto com a areia e voou para sempre e eu fiquei feliz que aquilo, que embora me envergonhasse devia ser ferida amorosa, a partir do momento do látex seria apenas um asco ridículo do qual me livrei graças à minha deficiência herdada que costumava ser algo útil quando oportuno.

Perguntei a Petra que hora voltaria e ela disse que precisava atender quatro clientes porém velhos bobalhões casados e que para um deles ela tinha inclusive que erguer a calça quando terminava, de modo que estaria de volta em duas ou três horas porque antes passaria no mercado para comprar um pernil de cordeiro que assaria na churrasqueira dos fundos com batatas e batatas-doces que ela compraria da viúva que já sabemos.

Saiu com um vestido vermelho, sapatos brancos e bolsa branca com vermelho vivo e tinha feito um permanente com bobes apertados que dava a impressão de uma touca de banho, toda pintada como já contei em outra ocasião, e com o perdão da minha crítica maligna, parecia uma daquelas macaquinhas vendidas na porta do zoológico e que são de gesso com pele de cachorro, já tradicionais na nossa cidade e que quase toda criança pede para seus pais comprarem junto com os amendoins para alimentar os macaquinhos de carne e osso das jaulas. Vou pouco ao zoológico porque os animais nasceram para a liberdade, todos principalmente os pássaros. Meu coração não resiste àqueles olhares suplicantes (idem) que dizem me salve desses dias e dessas noites de suplício e eu não posso fazer nada por eles, vítimas da ignorância humana. Descanso.

Se eu não fosse meio deficiente não precisaria descansar mas já expliquei que cada ponto ou vírgula imprescindíveis enchem minha cabeça de visões e pensares incríveis que me excedem e meu cérebro dói, acho que é o cérebro que me dói e o cérebro é a coisa mais doente e fracote de toda minha inútil família e eu não deveria me expressar assim, mas é que às vezes gostaria de ser normal por completo.

No entanto cada um é do jeito que foi parido e tem que suportar assim como eu suporto o sobrenome falso de Riglos estampado no rodapé das minhas pinturas pelo professor, agora dom José Camaleón ou simplesmente José, que ainda não me acostumei a ver em mangas de camisa lendo o jornal e tomando mate como dono da casa e embora eu pareça um tanto atrevida penso com meus botões que esse lugar corresponderia ao meu pai que o perdeu por nos abandonar mas não tenho o direito de perguntar coisas que não são da minha conta e além do mais fui eu que trouxe o professor pela primeira vez quando estávamos pobres e a casa não tinha quintal com churrasqueira e Petra não podia assar carnes e *chinchulines* que são tão deliciosos quando voltasse do ofício antigo, e outras vezes também.

Terminei de pintar a tela, dessa vez a óleo, e ficou tão linda que dava pena de vender mas eu vivia orgulhosamente dos meus trabalhos e pagava minha estada na casa que dia após dia e não sei por que me parecia mais alheia, mais deles do que minha porque eu era uma sombra lânguida (idem) que às vezes vagabundeava interiores e arrabaldes (idem); quero deixar claro que idem significa dicionário mas por ser um vocábulo mais curto me convém e como nunca fico com nada alheio digo que vocábulo se refere às minhas investigações da cultura do dicionário que me ajuda a sair da minha deficiência herdada.

O aniversário de Betina

José havia preparado o fogo na churrasqueira e no quintal era um ir e vir de gente da família de sempre somada à tia Ingrazia e ao tio Danielito que viram Petra, filha de ambos, quando chegou com os pacotes e as compras e esparramou em cima da bancada as carnes que já falei pra vocês e de uma caixa ela tirou garrafas de vinho branco e tinto e algumas bebidas sem álcool e pão e de tudo, o que me fez raciocinar relampagueando que ela devia ter trabalhado bastante porque o que trouxe não era barato e sim requintado e as frutas para fazer sangrias pareciam pinturas de natureza-morta, principalmente as uvas e as maçãs. Depois de tirar certas cartilagens do pernil de cordeiro José colocou-o na grelha rodeado de *morcillas* linguiças tripa gorda e *chinchulines*, ele conhecia o ofício de churrasqueiro e enquanto trabalhava bebia vinho para entrar no clima e os presentes iam arrumando a mesona com as tabuinhas sobre as quais é costume degustar (dicionário) essas carnes e os garfos e as facas e travessas, em suma, a louça inteira de mamãe saiu para brilhar na luz das lâmpadas todas acesas e de umas velas grossas para enfeitar e também voavam balões de todas as cores e eu achei que parecia uma festa de Natal mas era apenas o aniversário de

Betina que dormia em seu bercinho embora naquela noite estivesse fazendo dezoito anos contados em espécie mas na minha casa tudo era diferente porque nós também éramos, cada um na sua extensão, dimensão e hierarquia e do rádio de Petra tocava música que naquela hora quem cantava era Ortiz Tirado e ele dizia *bésame... bésame mucho... como se fuera esta noche la última vez...* e não lembro mais como continuava mas eu continuava porque acho que o cérebro cansado deve ficar como os miolos na grelha chispando, meu pobre cérebro do qual exijo tanto e já tenho mais vontade de ir para cama do que de participar da festa e eu disse isso a Petra que ficou brava pois falou que eu não tinha o direito de fugir por um pouco de fadiga quando era ela que estava cansada depois de exercer o ofício antigo e que em vez de quatro foram cinco clientes atendidos e para piorar o último bem jovem deixou ela de cama e ela teve vontade de ficar na cama do trabalho mas decidiu cumprir e foi ao mercado.

Descanso.

Precisei de um bom descanso porque além dos afãs de Petra havia meu apressamento em terminar o quadro e tomar banho e me empetecar e perguntei a Petra se ela tomava banho e se empetecava porque voltou muito desgrenhada e ela disse que fazia isso por si mesma porque sentia pena de si mesma e me entristeci e dei um beijo na sua carinha ridícula de ruge escorrido e lambuzado. Petra me abraçou forte e exclamou Por que fomos nascer... e eu respondi que nascemos porque o casal sentiu vontade e não usou preservativo e ela me disse que sempre usaria para não trazer filhos degenerados a este mundo também degenerado e amargo e choramos abraçadas um oceano de lágrimas como nunca imaginamos, eu agachada pois de outro modo jamais teria se concretizado o único abraço e lacrimejo que aumentou e umedeceu o crepúsculo crescente e fez bem a nós duas.

A rádio cantava outra melodia com a voz romântica de Ortiz Tirado sobre a última noite que passei contigo[*] e eu lavei o rosto jurando não chorar mais enquanto Petra se despia e entrava na banheira e eu vi os hematomas que escureciam a pele do seu corpinho miserável e uma que outra mordida ou arranhão ou algo assim mas não comentei nada e quase começo a choramingar mas aguentei.

Os hematomas e outras chagas daquela minúcia de mulherzinha me inspiraram motivos dolorosos que não pude pintar naquela noite mas que no dia seguinte o faria e não sei por que batizaria de *As Madalenas*, apesar de não figurar mulher alguma na temática, mas decidi que tanto o papelão quanto a tela soluçariam como nós duas abraçadas e que as pessoas que vissem aquelas obras também estremeceriam sem saber o porquê.

Fui ao quintal e sob o lume do fogo da churrasqueira acesa me impressionei com o professor ou José — como preferem designá-lo — empunhando o ferro pontiagudo em forma de garfo para acomodar as carnes e ele estava suado porque já fazia calor e o suor escorria pelo seu torso nu porque ele havia tirado a camisa e eu vi os pelos do peito dele e debaixo do braço também e pensei tomara que eu não vomite porque estragaria a festa de Betina que já estava sentadinha na cabeceira da mesa e batia com uma faquinha e um garfinho na mesinha acoplada à sua cadeira porque estava com fome e embora tenha tentado fazer ouvidos moucos senti os flatos que ela soltava e vi Petra e resolvemos sentar longe do grupo por qualquer acidente indesejado ou caso soltássemos uma risada ou gargalhada ou vá saber o que poderíamos trazer à baila e não desejávamos ser as megeras (dicionário) do momento festivo.

---

[*] "La última noche que pasé contigo", bolero de Bobby Collazo e Orlando Fierro (1946). (N.T.)

José disse que havia convidado outro professor, de matemática, que estava viúvo e sozinho embora tivesse um filho e uma filha que não moravam com ele. Eu conhecia de vista o professor de matemática apesar de nunca ter falado com ele e era sorridente como um talho de melancia, sempre sorridente e na Belas--Artes ele lecionava (idem) desenho e nunca reprovava nenhum aluno ou aluna. Talvez viesse com a namorada, José disse que era uma moça divina de olhos verdes e muito elegante embora o professor não fosse mas nós íamos gostar dele pela sua simpatia e bons modos e isso de botar estranhos no grupo que já estava completo com José soou como sino de madeira aos meus ouvidos e não sei por que notei ele distante quando até então não era assim e já estavam presentes mamãe e os dois tios e não faltava ninguém quando chegaram os convidados de José e Petra sussurrou no meu ouvido que o professor era um atrevido por botar na nossa família gente do seu conhecimento. Mas assim eram as coisas e a gente aceitava até a borda do copo e as coisas naturalmente terminavam quando o copo sobejasse (idem).

Então começaram a circular as tabuinhas que se enchiam e as taças que também se enchiam e eu olhava para Betina que embora empunhasse garfinho e faquinha requeria ajuda para comer porque era preciso cortar os alimentos e levá-los à sua boca de ogra cheia de dentes.

Os convidados de José Camaleón, o professor

Quando os convidados de José entraram na festa todos os rostos se voltaram ao local de entrada e viram a dupla ímpar de convidados que não tinham olhos para ver todos os membros da nossa grande família embora ambos tivessem dois olhos que somados davam quatro verdes, muito lindos os da mulher mas feios e pequeninhos os do homem mais baixinho que ela daquele tipo mirrado tão comum que vemos pelas ruas e que vemos sentados ou em pé nas repartições públicas mas este como já falei era professor de desenho numa escola e exercia além disso outras atividades que agora não me lembro e ela trabalhava como modelo de roupas e cosméticos e estava elegantérrima embora minha capacidade introspectiva (dicionário) me alertasse algo que à primeira vista não era perceptível e a mesma coisa em relação ao senhor, tirando a parte do elegante, e senti um arrepiamento de pele e uma vontade de sair do lugar onde eu estava ao lado de Petra que me dava cotoveladas para eu não perder nenhum detalhe, ela sentada em três travesseiros em cima da palha do assento da cadeira para alcançar a mesa.

Descanso.

E subitamente percebo que ao lado da minha cadeira do outro lado da ocupada por Petra havia uma cadeira vazia e que a mulher linda já se instalava ao lado de José e, bem, o senhor convidado que vinha com a senhorita de olhos verdes veio e se sentou junto a mim do lado desocupado e muito sorridente pediu licença e disse hoje é meu dia de sorte e eu não entendi mas Petra perguntou que sorte e ele respondeu a de sentar ao lado de uma moça tão bonita, que naturalmente devia ser eu. E era. Por certo não respondi nada e Petra respondeu por mim dizendo que era mesmo seu dia de sorte porque minha prima é artista com sobrenome Riglos e o homem disse Riglos, a pintora?, caramba mas que maravilha e também tentou me dar um beijo na bochecha e eu sacudi a cabeça como os cachorros depois do banho e o homem fingiu que não percebeu e continuou sorrindo debaixo do bigodão de pelo duro que cobria sua boca mas não seu bafo com cheiro de comida antiga cujos lastros (idem) ficaram escondidos entre os dentes entre os molares e eu não sabia se aguentaria aquilo e disse a Petra vem sentar ao lado desse senhor que vocês estão com vontade de conversar e Petra disse que dali de onde estava podia ver tudo mas eu insisti e ela temeu meu vômito já quase evidente e trocou de lugar e como era mulher mundana fez o homem trazer os travesseiros para a minha cadeira que agora ocuparia ela, trabalho que o homem fez não exatamente de bom grado e eu notei porque o bigode dele virou para baixo.

Descanso.

O homem tentava ignorar a presença de Petra para conversar comigo sobre arte pictórica e desenho e Petra sugeriu que ele descansasse e curtisse a festança, eu diria que Petra empregava um vocabulário chulo fruto do trabalho que exercia fora e me pareceu que o homem ficou chocado pois falava cada vez menos então eu intercedi (idem) e perguntei a ele se aquela linda senhorita era sua namorada e ele me disse estamos quase lá mas... nada sério porque ela é divorciada e tem filhas e eu viúvo tenho filhos e a coisa é complicada e eu sugeri que ele visse como estava empolgada a divorciada empoleirada (idem) do outro lado da mesa papeando com José Camaleón e o homem não achou graça e Petra acrescentou que entre ele e José a moça combinava mais com José e que ele faria um par perfeito com ela por ser baixinho embora não liliputiano e que se ele aceitasse ela declararia ali mesmo o namoro dos dois e o homem disse não.

Do meu lugar de assento gritei em direção a José como se chamava o casal que ele tinha convidado e José trabalhosamente se desvencilhando da senhora divorciada e namorada do senhor meu vizinho na mesa disse mas que barbaridade... não os apresentei... a senhorita se chama Anita del Porte e meu amigo Abalorio de los Santos Apóstoles.

Todo mundo segurou o riso por causa do Abalorio[*] mas ninguém deu nem um tico de risada e todos prosseguiram devorando e emborcando vinho e na minha tabuinha todas aquelas iguarias à espera de um mordisco mas eu estava com o estômago embrulhado e a cabeça cheia de motivações para criar telas porque os papelões eu já tinha deixado para rascunhos e minhas exposições de alta categoria exigiam expressividades repousando ou dançando ou sofrendo em refinadas telas enormes que depois eu mesma levava para emoldurar com refinada madeira ou metal conforme o caso, o pedido do comprador ou o que fosse. O dinheiro Petra guardava para mim ou eu depositava no banco. Petra me aconselhou a nunca confessar a ninguém quanto eu tinha porque os vivos abundam e os espertos pululam e eu confiava mais em Petra do que em mim mesma, que contribuía em casa muito mais do que consumia para calar a boca de todo mundo e

---

* Avelórios, miçangas, contas fajutas de vidro. (N.T.)

assim um dia me sorriram e me cumprimentaram carimbando um daqueles beijos na bochecha que se dão de passagem.

E foi assim que Abalorio me perguntou quanto custava o quadro intitulado *Serenata de outono* e eu lhe disse que valia mil e quinhentos pesos e ele respondeu que era o que ele ganhava em seis meses de cátedra e eu lhe perguntei o que era cátedra e ele me disse as aulas de matemática do ginásio, e quanto às aulas particulares de pintura para ganhar essa quantia seria necessário o trabalho de um ano e Petra feito gafanhoto saltitante sussurrou minha priminha Yuna sim é que é boa candidata mas você, chamou o senhor de você, que fique com a divorciada ou aceite a mim que não ganho nem a metade de Yuna mas ganho mais do que você que fica se fazendo de coitadinho e é professor e eu que exerço o ofício mais antigo do mundo não posso ganhar mais do que você e estou procurando um candidato apresentável para Yuna, com carros e viagens para a Europa e não porque ela não possa obter os benefícios citados sem minha ajuda mas porque minha prima é um anjo de bondade e qualquer um pode engambelar ela e eu sou prostituta e sábia em matéria de submundo e você tem as unhas sujas de ficar se coçando ou coçando tua namorada que talvez seja só um rostinho bonito e tenha a bunda encardida, e depois ela ficou quieta e eu juro que Petra sabia agir e que os fundamentos expostos ao pé do orelhão de Abalorio só foram ouvidos por Abalorio que estava sorridente porém pálido como um papel e olhando suas unhas sujas.

Levantando-se da cadeira José foi repor acepipes (idem) nas tabuinhas e não precisou encher os copos mas sim repor as garrafas pois ninguém deixava uma só gota e José me perguntou se eu estava me divertindo e olhei para ele com cara de menina de Modigliani, a da gravata, e aquilo bastou porque ele não perguntou mais.

O brinde

Trouxeram o caixote com garrafas de champanhe e me pareceu vulgar colocá-lo inteiro no meio da mesa ao lado do bolo porque tanta garrafa junta dizia claramente que ali ninguém se furtava à birita, e o bolo de três andares colidido sem querer com o caixote desmoronou e ficou de um andar só mais dois caídos na toalha e eu reparei que o bolo de três andares era mais alto que Betina, a homenageada, e que o caixote de bebidas sabia o que estava fazendo e o retrato de Betina significava o bolo decapitado com a bonequinha rota e sem braços nem pernas quebrados com a batida e pedi licença para ir ao meu quarto e esboçar (idem) num papelão o que experienciei e eu soube que a pintura que faria quando estivesse sossegada seria um prêmio nacional ou internacional. Tinha certeza disso e depois do rápido esboço voltei à festa onde estavam brindando pelos dezoito anos de Betina que de qualquer forma nunca conseguiu cortar o bolo que foi posto nos pratinhos em pedaços esparramados e ninguém menosprezou muito menos Betina que gritava gulosamente mais... mais... mais... As sobremesas ela agarrava com a mão e às vezes acertava enfiá-las no bocão e gritava delícia... delícia... delícia... mas naquela noite algo deixava transparecer a atitude da criatura que olhava José com uma expressão entre raivosa e ressentida e eu imaginei que teria relação com algo concatenado (idem) com o comportamento tão caloroso de José com a namorada divorciada, Anita del Porte, mas sintetizei que devia ser imaginação minha e quem dera fosse porque Abalorio de los Santos estava visivelmente apaixonado pela senhora de olhos verdes e se ela o trocasse por outro as estruturas viriam abaixo em vários sentidos e direções e Petra piscou para mim ao passo que segurou a mão de Abalorio de los Santos e, meio de pileque e em tom de gozação, falou acabo de pedir a mão de Abalorio de los Santos porque nós dois combinamos e eu ganho mais do que ele e assim poderemos unir sua família desmembrada, segundo me contou, trazendo seus filhos para o lar que não vai ser este superlotado mas sim o apartamento que ele tem e seremos felizes para sempre e Abalorio de los Santos poderá tomar quanto vinho quiser e cantar pelas ruas *La violeta* de Gardel e eu prometo lavar sua roupa e limpar suas unhas e aparar seu bigode e fazer brincadeirinhas para que o ato sexual não seja uma tolice de entediados casados na igreja e eu vi que o coitado do Abalorio de los Santos puxou uma correntinha e extraiu do peito uma medalhinha da Nossa Senhora e deu um beijo nela e também vi que ele disse à namorada de olhos verdes vamos embora e se mandaram.

Vamos brindar gritou Petra pelos maravilhosos dezoito anos da minha priminha Betina e todos brindaram e Betina estava feliz porque a namorada divorciada tinha ido embora e José voltou a mimá-la como sempre.

Olhei para fora e vi Anita del Porte e Abalorio de los Santos Apóstoles entrando num carro bastante fora de moda que Anita dirigia e Abalorio apagado já dormia de ressaca e pensei com meus botões que dupla infeliz mas que espertos, ou talvez a parte dos espertos corresse por minha conta. A imaginação me prega peças mas quem me chama à luz é Petra e depois conversaríamos sobre o assunto porque eu continuava com pena do pequeno Abalorio.

Não sei se já contei que mamãe e minhas tias tinham mais dois irmãos solteirões, se não contei digo agora porque não gosto de ser injusta e a família é toda inteira ou não é nada se bem que assim que puder vou mudar de domicílio ou melhor assim que puder vou mudar de país e agora contarei dos dois tios quase esquecidos por aparecerem pouco porque são solteirões e aposentados e tiram longas sonecas, um no seu barraco numa favela e o outro debaixo de uma ponte, mas recebem aposentadoria e não têm necessidade de mendigar, vivem como as aves do campo que o padre da comunhão me contou.

Tio Pedrito e tio Isidorito nasceram gêmeos e apesar de não muito espertos souberam ganhar a vida trabalhando na administração pública e quem passou mais dificuldades foi Isidorito porque tia Ingrazia me contou que a única coisa que ele servia era para levar relatórios de um saguão ou escritório até o outro e entre idas e vindas ao longo de anos a aposentadoria mínima saiu mas Isidorito precisava de poucas coisas e nunca se casou então ele vivia bem sem compromissos e tio Pedrito foi funcionário municipal daqueles senhores que marcam audiências (idem) às pessoas que precisam se reunir com as autoridades para peticionar sem censura prévia (idem) e assim dando envelopinhos com autorizações ele se aposentou e foi morar numa favela pobríssima também solteiro e ele dizia solteirinho e sem pressa mas eu pensava quem é que teria pressa de se casar com tio Pedrito cambeta e feio como um pesadelo.

E como fazia tempo que não nos víamos eles disseram que parecíamos bastante bem e conheceram José Camaleón e essa foi a novidade, beijaram Betina e ela babou neles porque Betina beijava sem engolir a saliva a tempo e os beijados dissimulavam e não tiravam o lenço para secar os mucos e Betina be... be... be... feliz da vida batia palmas porque gostava de ser beijada sinal de que era benquista mas eu acho que era por obrigação. Com certeza. E começaram as perguntas aos ingratos que nunca vinham visitar e assim ficamos sabendo que Isidorito preferia morar debaixo da ponte de City Bell perto da cidade e que quando chovia muito ele ia pro barracão de zinco de Pedrito e preparavam pastel frito e churrasquinho e tinham o costume de assar castanhas em cima de uma lata e quando arrefecia (idem) eles acendiam fogo com algum pneu de carro com muito cuidado para não se incendiar e o professor que já se sentia dono e senhor perguntou com grosseria se eles não recebiam a visita de nenhuma meretriz, que significa mulher da rua, e eu não me envergonho por Petra mas Petra nunca atenderia clientes pobretões e feiosos como Pedrito ou Isidorito que, diante da pergunta de vocês já sabem quem, ficaram vermelhos como dois tomates e depois de cumprimentarem novamente foram embora, acho que bravos porque não voltaram mais e eu não fui visitá-los porque não conhecia a favela nem a ponte mas pintei um lindo motivo que intitulei *Cisão*, palavra que procurei no dicionário e criteriosamente cheguei à conclusão de que dom José Camaleón poderia nos separar e mesmo que eu já tivesse decidido ir embora, não é a mesma coisa decidir e ser obrigado a ir por se sentir depreciado (idem) e envergonhado.

Ao cabo de várias horas quase não sobrava ninguém em volta da churrasqueira e as garrafas estavam vazias e uns dormiam com a cabeça em cima da mesa e outros roncando com a cabeça jogada para trás e eu que não provei nada nem bebi álcool era testemunha fiel de tudo o que acontecia e vi que Petra foi até Betina, a aniversariante, e então franziu a testa e veio até mim e não disse nada em voz alta mas disse algo que eu me fiz de desentendida com algum gesto não totalmente decente ou melhor não totalmente indecente e ela olhou na direção de Betina que roncava como um homem e fazia o restante no artefato que acoplaram debaixo da cadeira, o que era delatado pelo cheiro e os estrondos, mas a infeliz não tinha culpa de nada e eu pensei que a maioria dos que estávamos ali não tínhamos motivo para festejar aniversários e que deveríamos festejar óbitos pois, obrigados a viver, ocupávamos um lugar no espaço que talvez fizesse falta a um nascido normal.

E quando já estava amanhecendo vieram mais dois primos cuja procedência não consigo lembrar e deixaram uns presentinhos empacotados da parte de não sei quem e ao ver o espetáculo dos sonolentos foram embora mas eu acho que não estavam ali de verdade, deviam ser dois fantasmas dos dois primos que eu lembrava vagamente mas minha memória é nula, vive no presente total, assim como minha imaginação preenche totalmente meu cérebro e mexe meus braços e minhas mãos para pintar.

Abri um embrulho e vi uma garrafa de champanhe e abri o outro e também, então Petra me disse vamos pegar as garrafas sem dizer nada para festejar algum acontecimento que certamente vai ocorrer. Tá bom, mas aquilo não estava bem. Em qualquer lugar surrupiar o que é dos outros é roubar, mas deixei quieto pelos cuidados que Petra tinha comigo e por tudo o que me ensinou sobre periculosidades sexuais e outras coisas.

Passei a noite pintando. Petra descansava e chorava entre sonhos. Lá fora alguém limpava, devia ser Rufina que preferia fazer logo os misteres (idem) e depois ir dormir refestelada, dizia ela. Cheguei a ver quando mamãe se levantou vagarosamente e quando José ergueu Betina e a carregou. E mais nada.

Betina precisa de outra cadeira

Quando levantavam Betina do seu bercinho ela já não cabia na sua cadeirinha porque havia engordado.

Havia engordado tanto que levantavam ela com cadeirinha e tudo, portanto para conforto da pobre criatura impunha-se uma mudança e eu resolvi presenteá-la com uma cadeira nova, não mais cadeirinha, pois escolhi uma ampla e linda e pintei uns motivos nada infantis porque Betina era uma moça e os motivos foram comentados pela família e significavam flores de cores alegres, borboletinhas e rouxinóis e caminhando sobre um tapete alaranjado um menininho como o menino Jesus com os braços gordinhos estendidos para que o erguessem e o levassem ao jardim zoológico e ao bosque, e perto do bebê eu pintei as sombras que não pude evitar pois carrego dentro de mim tantas sombras que quando me angustiam (idem) eu as expulso em cima das minhas pinturas mas as sombras da cadeira de Betina não estavam ofuscando o bebê porque para mim os bebês, todos eles, são aquele bebê da Carina que veio buscá-la e a levou envolta num manto de febre. Não. Eu não queimaria uma mãe nem imaginariamente e jamais atormentaria um bebê. Pensei em apagar as sombras. Depois deixei-as porque as paisagens sempre escurecem e se minha imaginação pegasse essa vereda (idem), seguiria. Eu nunca corrigiria o que minha imaginação e meu talento me ditassem e isso de talento quem escreveu sobre minha obra e minha pessoa foi um crítico de arte e me envaideceu embora eu não seja vaidosa como achei vaidosa a mulher de olhos verdes e antes, muito tempo atrás, tia Nené que zombava das minhas pinturas adolescentes em papelão e se achava artista criando aquelas caronas grandes de mulheronas com olhos de vaca. Percebi que estou aprendendo a criticar com sarcasmo (idem) e vou tentar parar com essa modalidade porque enfeia a alma e enruga a testa e não quero ter rugas na minha cara de modelo de Modigliani que já sei que é bonita pelas cantadas que me dão na rua e que antes não me afetavam mas agora sim e quero deixar claro que ao escrever afetavam eu devia ter indicado idem, porque vocês compreendem que os termos difíceis eu tiro do dicionário e que enquanto não dominá-los com alta fidelidade não sentirei que são de minha absoluta propriedade e me perdoem se os chateio com tantas explicações mas é que a minha natureza nasceu assim e quero ter o que puder carregar honestamente e não furtar nada dos outros.

    Quando presenteei Betina com a cadeira decorada a coitadinha que sempre teve medo de mim por causa daquela história antiga das comidas, que eu botava a colher no olho dela, na orelha e no resto até chegar à boca dela e esfregava sua cara no prato de sopa e desejava por dentro que ela morresse, a coitadinha tremeu e choramingou até perceber que eu não tinha más intenções e esticou os bracinhos para eu mudá-la de assento e deixo claro que não me esqueci de garantir que a cadeira tivesse embaixo o recipiente que vocês sabem para que serve nesses casos de deficiência avançada. Botei Betina na cadeira nova e ela apontou com os dedinhos para os motivos decorados detendo-se na figura do bebê e disse nenê lindo, sim...

Imediatamente a vi cair em uma soneira intensa (idem) porque para Betina eram muitas emoções misturadas, por exemplo, que eu que sempre a ignorei e importunei na infância agora me preocupasse com sua miserável pessoinha e também pelo presente que lhe permitia se esticar à vontade e respirar ao mesmo tempo que sua barrigona aparentava agradecer o espaço sob medida. Adivinhei, não sei o que adivinhei porque posso ser muito talentosa mas combino com Betina em deficiência na sua forma mais ínfima (idem). Mas confesso que da cadeira recém-estreada afloravam duas risadas de duas bocas distintas e eu olhei atrás para ver se o rabo anímico estava ali mas não. Não estava e pensei comigo que Betina havia recuperado a alma que já não escorria dela e que talvez seus males sarassem um pouco e ela chegasse a ser deficiente no meu nível ou algo assim.

Quando Betina esteve instalada em seu trono ela se dedicou a tocá-lo, a descobrir figuras e motivos decoradores do seu novíssimo cômodo e eu senti a emoção de quem realiza um ato humanitário com algo ou alguém que não é de todo humano — quero dizer que é diferente. Tanto que pode assustar um desprevenido e para piorar as coisas Betina compreendia, entendia mais do que as gentes desprevenidas supunham.

E agora que notava um ápice (idem) de calor do lar emanando de sua irmã mais temida, de mim, ela conversava com sua cadeira nova e de repente me disse Yuna por que você não me dá de presente uma cama, porque em breve vou precisar e eu senti que dentro do meu peito dolorido e esfrangalhado por antigas e constantes bronquites, um mar amargo quebrava ondas monstruosas tão monstruosas quanto nós duas e eu já não era capaz de detê-lo, dominá-lo, mas depois o pintaria e o quadro já tinha título, *Tempestades ocultas*, e eu o exporia em gratidão ou graças a Betina que soube conservar um vocabulário completo e destampava o pote do misterioso segredo naquele instante porque fizera saltar a tampa hermética de um pavor horrendo e eu pedi a ela que continuasse me pedindo coisas porque eu tinha dinheiro e montaria para ela um dormitório maravilhoso com mesinhas de cabeceira e espelhinhos e tudo o que pedisse, e ela segurou minha mão e gritou E um bercinho de vime.

Sentei no chão e dali observei a barriga de Betina em toda a sua redondez e me aproximei e toquei na barriga da minha irmã e ela pressionou minha mão sobre a barriga dela com dificuldade porque seu bracinho era exíguo mas conseguiu e pela primeira e única vez na vida eu apalpei a vida e era bela como o tremor da asa dos rouxinóis quando libam o néctar da flor e Betina não me soltava para que eu acompanhasse o compassado respirar de algo dentro dela com meu tato, com minha belíssima mão de artista e Betina me olhava para confirmar minha aprovação e eu disse a ela que compraria o bercinho mais delicado e um carrinho forrado em seda e que sairíamos para passear pela floresta enquanto seu lobo não vem.

Exausta, minha irmã tão deformada e tão formal adormeceu e eu estava mumificada no assoalho de madeira olhando a barriga e seu aspecto e acrescentando ao que via as explicações de Petra e lembrava que é preciso sempre usar preservativo e também lembrava aquilo que os homens sem alma esparramam no buraco menstrual das mulheres, misterioso e quimicamente impossível para minha capacidade, aquela conjunção de pequenices flutuantes e vivas que dançavam em águas incríveis e maternais e dia após dia concatenavam se encaixando como um quebra-cabeça magnífico até formar uma criatura e só de imaginar o que Betina estaria formando eu fiquei de cabelo em pé porque nós não trazíamos nada de bom a essa superfície e eu mesma, apesar de ser a pintora Riglos, não escapava da classificação de estranha e espantosa não por fora mas sim por dentro e me lembrei de Carina jurando que não permitiria que manuseassem o bebê, porque era isso que Betina carregava dentro da barriga, como fizeram com o bebê de Carina que voltou para levá-la envolta numa fogueira de febre e ambos caírem no esquecimento que é a única morte, mas eu nunca me esqueci deles.

Deu meio-dia e foi preciso limpar Betina e eu que dormi no chão tomaria banho e os outros fariam o que costumavam fazer cotidianamente (dicionário) e a vida e as vidas seguiriam seus cursos e também as mortes seguiriam seus cursos porque é assim que acontece mesmo que os mal-intencionados tentem negar virtudes (idem) inegáveis.

Quando Rufina começou suas tarefas e da cozinha brotava um cheiro de comida eu corri para tomar banho e me arrumar e peguei meus materiais e minhas telas enroladas e saí daquele sabá para comer algo perto da Escola de Belas-Artes, depois pintaria até minhas forças permitirem no ateliê que eu e outros artistas havíamos alugado.

Pintei muito e borrascoso. Chovia, comprovei gotas grossas contra os vidros do janelão e fiquei ali olhando e cheguei à conclusão de que além de gotas como essas que fecundam a natureza também outras de idêntica e gozosa cascata fecundavam as barrigas para nascenças irmanadas com os brotos das árvores e os jardins, e que não cabia classificar de pecaminoso esse tremor essa canção essa magia.

E passei a noite inteira no ateliê um pouco pintando outro pouco dormindo até que um lampo solar vermelho me acertou no rosto.

Na minha casa, embora eu já não sentisse como minha, tínhamos telefone e aproveitei para ligar para Petra. Marquei com ela no bar da travessa Dardo Rocha.

Conversa com Petra durante o café da manhã

Atravessei a diagonal Oitenta e o cheiro da cidade me embriagou de ozônio e azaleias mas o desgosto de acordar — acho que sonhei amarguras — dissipou a fragrância e senti um frio de respingo de chuva recente e tremi. Quando entrei no bar Petra já estava no balcão sentada numa cadeira alta e eu a imitei e disse que estava preocupada e tristíssima. Petra já tinha pedido dois cafés com leite e *medialunas* salgadas. Com a boca cheia, interrogou o que é que você tem fala de uma vez ou vai doer meu estômago, e na verdade Petra sofria de fortes dores de estômago seguidas de vômitos porque a infeliz tinha motivos suficientes para boiar num lago de ascos e náuseas e eu me apressei e disse a ela que Betina estava passando por uma coisa mais do que séria e me surpreendia que ela, que sempre se adiantava em todos os acontecimentos, não tivesse percebido e ela afirmou que notava Betina mais gorda e notava que a cadeirinha a incomodava mas que não queria nem pensar no que eu ia lhe dizer porque de noite o fantasma do tal do batateiro aparecia capado para ela e com as partes pudendas (idem) penduradas nos belfos bestiais que serviam de lábios para sua bocona porca, e Petra deixou as *medialunas* de lado e ficou na mesma posição do *Pensador* de Rodin porém na sua forma mais ínfima.

E me confessou que evitava passar perto de Betina e que ninguém prestava atenção em Betina porque ela significava a coisa mais triste e assustadora das nossas genes desconjuntadas (idem) e degeneradas pelo mau-olhado ou por uma doença que se herda e que um de seus clientes lhe informou que se chamava sífilis e que os descendentes dos sifilíticos nascem mortos ou semivivos como todos nós mas que usando preservativo não havia perigo de contágio e os filhos, mesmo que nascessem sadios, deviam ser monitorados sempre porque a qualquer momento podia escorrer deles uma gota purulenta que na Europa era chamada de mal francês e depois das guerras era chamada de mal militar e como eu nunca tinha ouvido aquelas nojeiras decidi pintá-las alegoricamente e repreendi Petra por andar contando nossa desgraça por aí e ela me respondeu que não era vexame porque não tínhamos culpa do comportamento dos nossos antepassados e me explicou o que significava antepassados.

Voltando ao assunto Betina, notei que minha prima tremeu e retrucou Betina é tua irmã, Carina foi minha irmã, mesmo assim lhe pedi conselho porque ela tinha mais vivência e Petra sussurrou se eu achava que tinha acontecido com Betina a mesma coisa que com Carina e garanti a ela que sim e que por favor me ajudasse. Petra quase gritou não vou fazer a mesma coisa nem por todo o ouro do mundo e eu adivinhei que fazer a mesma coisa significaria se entregar e acabar na prisão e que aquilo já tinha sido apagado da memória se bem que nunca houve crime perfeito e Petra jurou que fazer justiça não é criminoso.

Nunca pensei em cometer crime e ambas pedimos mais um café com leite e dissemos uma pra outra quem será o degenerado que se meteu com Betina, porque se fosse solteiro nós o denunciaríamos para que se casasse mas se fosse casado nós faríamos o quê?

Já veríamos o quê, mas Betina pediu o bercinho com alegria, vai ver porque ela tão pequenininha e horrenda não tinha noção do pecado e presumimos que Betina talvez nem se lembrasse quem foi mas ela nunca saía de casa e quem poderia ter botado barriga nela senão um homem da casa?, porque quase nunca fazíamos festas, Danielito era tio marido de Ingrazia e primo e também da minha mãe e quando festejamos o aniversário ela já estava com a barriga redonda, não tanto como agora mas bastante, e resolvemos que aquela tarde passearíamos com Betina para que estreasse a cadeira e eu me encarregaria de que na volta ela tivesse a surpresa do dormitório e do bercinho.

A suspeita

De repente vimos o professor entrar no bar com a mulher de olhos verdes Anita que veio para o aniversário de Betina com seu namorado nanico Abalorio de los Santos Apóstoles, não achei estranho porque o professor José Camaleón dava aulas na região e ela que fazia passarela tinha loja de cosméticos ali perto, estranho mesmo foi o pulo que o professor deu quando nos viu e chegamos à conclusão de que o único homem do qual não suspeitamos era justamente o professor José Camaleón e senti que meu coração batia forte e eu suava quando lembrei que muitas vezes o vi levando Betina a seu quarto e Petra me disse não vamos nos apressar porque se for o que pensamos, esse aí se manda para morar com Anita del Porte rainha dos cosméticos e outros que tais e acabamos fazendo papel de trouxa, então cumprimentamos os dois cordialmente e continuamos fingidamente falando abobrinha porém na verdade falávamos da nossa vontade de cortar a goela do maldito que significava a maldição que eu botei dentro da minha casa desgraça das desgraças.

Chegamos em casa e não comentamos nada do que vimos no bar e fomos ao dormitório de Betina, chamamos Rufina para dar banho nela e deixá-la linda e quando ouviu linda Betina sorriu e quase ficou linda de verdade e em dado momento perguntei a Rufina se Betina menstruava e ela falou que não sabia que pessoas do tipo da Betina menstruavam e que não, mas eu sabia que ela tinha ficado mocinha antes de mim e que se não descia mais sem dúvida estava grávida e perguntei a Rufina quantos meses dava banho na minha irmã e ela pensou um pouco e respondeu que uns seis ou sete, isso mesmo sete, e eu queria socar Rufina que olhava para nós com tanta superioridade que nem sequer nos considerava mulheres capazes de ter bebês na barriga.

O primeiro passeio de Betina na cadeira enfeitada significou a maior alegria para ela enquanto Petra e eu desmoronávamos de tristeza.

Petra considerou a necessidade de fazer uma reunião de família principalmente para deixar mamãe a par da perigosa situação de Betina porque sete meses de gravidez dentro de um corpinho tão pequeno não tinha solução e senti intimamente o consolo de que tia Néné não estivesse ali, que pela honra da família teria sugerido alguma monstruosidade ainda pior do que todos nós e chegou a hora do almoço e resolvi ficar porque seria necessário e eu sabia que quando algo me incomodava eu falava com mais fluência e chegava à conclusão de que logo não precisaria mais do dicionário, fonte de tanto saber e que me instruiu aumentando minha capacidade intuitiva e às vezes conceitos claríssimos afloravam sem a necessidade de dizer idem, ou seja, que provinham do dicionário e isso significava que ao folhear algumas páginas em busca do significado de um termo, outras palavras eram elucidadas e eu tinha a consciência de que um dia seria como todo mundo na arte de falar.

José o professor chegou e internamente o imaginei ao lado de Anita e ele me olhou temendo que eu contasse o que vocês sabem, mas não.

Estávamos em outubro mas o professor trazia um pão doce e guloseimas natalinas e não vou escrever idem nem dicionário porque já estou sabendo bem, e ele trazia um frango de rotisseria que perfumava o ambiente à sua maneira e falou que o levaria ao forno para esquentar e Petra disse em fogo baixo senão queima. Petra foi à cozinha atrás do professor para descascar batata comum e doce, e a doce ela sabia preparar caramelada e eu gostava mais do que de frango pois tudo o que Petra fazia era bom e gostoso menos — e me perdoe pela crítica — o trabalho mais antigo do mundo que ela exercia na rua ou naquele lugar onde atendia seis ou sete. Estou tentando fazer com que ao pontuar ou pôr vírgula não me dê nenhum barulho dentro da cabeça, do cérebro, e acho que por força de vontade estou conseguindo e se os exercícios que faço lendo um texto especializado em casos de maior ou menor deficiência como os que sofremos quase todos na família, solucionarei essas moléstias que devem atrapalhar a leitura do que escrevo e também o senhor leitor, a quem peço mil desculpas e que se for religioso irá me perdoar porque o padre diz perdoe para que deus perdoe e eu ainda não sei usar as maiúsculas por causa do estorvo dos pontos e de muitas noções que desconheço porém repito que com vontade tudo é possível e vocês devem ter notado que me alongo porque o que vai acontecer durante a reunião eu não sei como terminará e no fundo de mim estou com medo.
   Mamãe estava sentada debaixo do parreiral de uva miudinha com o olhar vazio perdido, parecia uma estátua de gesso lascado. Ela tinha trabalhado bem como professora e endireitou mais de um com a régua, e a aposentadoria a achatou, a transformou numa coisa sem alma mas quando ela andava eu checava para ver se sua alma estava escapando como antes a da Betina só que não, de modo que mamãe devia estar apenas triste e sem vontade de se mexer porque passava os dias debaixo

do parreiral olhando o nada e se alguém falasse com ela, sorria com riso de bebê porque já nem colocava a dentadura que ficava num copo e me causava repulsa mas eu nunca lhe disse isso e dessa vez me aproximei de mamãe e perguntei se almoçaria dentro de meia hora mais ou menos e ela respondeu que sim e aproveitei para perguntar se ela viu o dormitório que comprei para Betina e ela disse para que fazer despesa?, e acrescentei algo cáustico quando perguntei o que achava do estado de Betina e ela tirou um lenço do bolso do roupão e começou a lacrimejar. Perguntei mamãe por que está chorando? e ela com os olhinhos vermelhos respondeu que eu sabia o porquê, e menti que não sabia e que se ela quisesse que eu fosse buscar seus dentes para comer eu ia desinfetá-los e trazê-los e ela disse que não.

Estávamos todos à mesa além de mamãe... o professor, Petra, Betina e eu como podem ver já uso mais vírgulas e minha cabeça, meu cérebro não faz barulho.

Esqueci de Rufina, que comeria sentada ao lado meu a pedido meu e eu sabia por quê.

Rufina pôs a toalha de plástico e os pratos grandes, os copos, os talheres que nunca eram usados e que mamãe guardava para quando alguém se casasse ou se batizasse ou qualquer cerimônia importante na família e Rufina pôs uma mesa linda porque Petra pediu e eu assenti e indiquei que qualquer coisa que Petra mandasse, ela obedecesse porque, com o perdão da palavra, mamãe não servia mais para nada e só servia para ficar sentada olhando o nada com cara de gesso lascado.

Rufina nos surpreendeu colocando o vaso de flores no meio da mesa com um ramo de açucenas que ela comprou com seu dinheiro e nos surpreendeu tanto que a expressão de oh! foi unânime e nisso o professor chegou com a sopeira porque em casa quando comíamos, digamos, em família antes se tomava sopa servida pelo meu pai, pena que quase apaguei sua imagem mas lembro vagamente que ele servia a sopa da sopeira e, desde que nos abandonou, esse costume perdido era como uma lenda que só agora surgia saindo de tantas sombras que o fato parecia um sonho recuperado, mas teria sido um sonho recuperado se papai empunhasse a concha e quando a concha veio na direção do meu prato eu virei o prato e o professor perguntou por que e eu disse que não gostava de sopa e ele prosseguiu enchendo os pratos dos outros com pose de pai de família.

O professor e Petra iam e vinham servindo e Rufina tirava férias que eu sabia que ela merecia e vocês já vão saber por quê.

Mamãe se aproximou trabalhosamente da mesa e se sentou na cabeceira sorvendo a sopa ruidosamente, a falta de dentes transformava o almoço de mamãe num sacrifício e num asco para mim e não sei se também para os outros.

Enquanto sorviam a sopa de macarrão ouvia-se da cozinha o barulho de pratos e as vozes de Petra e do professor e eu disse à Rufina que havia chegado o momento da nossa incursão e pedimos licença indo até a cozinha e eu perguntei por que o exaltamento de Petra e do professor que ficou duro e calado e Petra me disse agora tome você a palavra e em seguida Rufina para pôr fim nesse assunto desagradável. Encarei em cheio o professor chamado José Camaleón e foi assim que o acusei de estupro de uma menor deficiente que já estava grávida de sete meses e ele disse que Betina tinha dezoito e ele achava que ela não era menor e eu insisti que era e quanto à deficiência um juiz poderia garantir isso só de olhar para ela e ele iria parar na cadeia e apareceria na capa dos jornais e Petra desferiu um golpe de escumadeira na cara dele que sangrou e ele limpou com o pano de furinhos e Rufina, mentindo, disse que Betina lhe contou que ele tinha agarrado ela como um animalzinho e feito doer sua perereca e que desde então ela não menstruou mais e nós dissemos que iríamos denunciá-lo a menos que ele, na hora da sobremesa e brindando com champanhe, anunciasse o casamento dele com Betina e o professor disse que tinha namorada e era Anita então Petra lascou outra escumadeirada no meio da fuça que fez ele cair com o traseiro num banco da cozinha.

O sujeito que eu permiti entrar em casa, aquele sacripanta, não obstante ter me ajudado mas isso era história antiga, a de hoje era história contemporânea e o professor se viu sem cátedra e, pior, se viu preso por pedofilia (quase não uso mais o dicionário).

Me deixem pensar... me deixem pensar implorava o sujeito ou professor que de agora em diante chamarei de sujeito e nós respondemos em trio que não, que já estava tudo decidido e que havíamos pedido agendamento no Cartório Civil e marcaram para dois de novembro, e pensei que data... é o dia dos mortos, e já estávamos na metade de outubro e Betina entrando no oitavo mês e o sujeito perguntou se demos o nome dele e lhe informamos que havíamos diligenciado um casamento civil para o próximo dia dois de novembro assessoradas por um tabelião amigo que fiscalizaria se tudo seria cumprido nos termos da lei e o sujeito interrompeu sua reconsideração e aceitou, e Petra lhe disse filho da puta nem pense em fugir porque a polícia foi avisada e eu tenho um amigo delegado.

O segundo brinde

Petra havia copiado na agenda o número de telefone e endereço de Abalorio de los Santos Apóstoles e sua namorada Anita del Porte que agora aquele sujeito dizia ser a namorada dele e combinamos de telefonar na hora do brinde inventando qualquer motivo, depois pensaríamos em um, por exemplo meu aniversário. Tínhamos que cercar o sujeito José Camaleón por todos os lados — e faríamos isso — e depois que se casasse com Betina ele que fosse à merda, dizia Petra.

Trouxeram Betina vestida como uma menininha, de poá cor-de-rosa e lacinhos na cabeça que prendiam dos dois lados seu escasso cabelo loiro. Os sapatos brancos de fivela, infantis, combinavam com as meias brancas, curtinhas; ela quase não tinha pernas e eu sentia uma tristeza mortal que só não me arrasava porque no bolso eu carregava o estojo com o anelzinho de compromisso para a noiva, que chegado o momento o noivo lhe entregaria com as palavras cerimoniais dos compromissos.

Na cadeira nova, ajudada por mamãe que parecia ter se humanizado, ela procurava não salpicar seu vestidinho com o guardanapo rosa amarrado no pescoço e os olhinhos dela brilhavam porque havíamos pintado seus lábios e suas incrivelmente deformadas unhas.

E foram passando os pratos trazidos por Petra e Rufina que já estava cumprida com sua declaração. O sujeito comia sem vontade e como o brinde se aproximava, trouxeram as duas garrafas de champanhe cortesia daqueles dois primos que vieram e partiram logo em seguida e cujos nomes nunca acertei e eu soube quem eles eram porque mamãe falou e contou que estavam mortos há mais de vinte anos, mas insisti que os vi e que Petra guardou as duas garrafas e não se falou mais no assunto.

Petra alerta vigiava a porta porque chegaria o momento solene do brinde e ainda não havia chegado o casal Anita e Abalorio que chegou trazendo um pacotinho de obséquio para a aniversariante, eu, que o recebi e agradeci desaparecendo e fui guardá-lo no meu quarto. Sentaram-se juntos formalmente e Petra e eu, que os vimos assim tão formais numa ocasião e depois vimos Anita como vocês já sabem, não tiramos os olhos de cima deles, e o namorado que devia se anunciar como tal estava mais pálido que caveira de museu.

A sobremesa é o fim de tudo e uma vez, vendo um senhor defunto no caixão rodeado daquele enorme guardanapo bordado ou algo assim, achei que ele parecia uma sobremesa que seria oferecida a alguém e descobri que cadáver significa carne dada aos vermes e pensei comigo que a grande sobremesa ou senhor do grande guardanapo ao redor era isso, mas admito que sou maliciosa e que não se deve zombar dos costumes piedosos e me arrependo mas é assim que se parecem os finados, com uma oferenda, e quando eu morrer já pedi para ser cremada porque tenho nojo de minhoca embora elas não tenham pedido para nascer minhocas mas calhou de nascerem, de qualquer forma me dão ânsia e a sobremesa de Betina me trouxe à memória os fru-frus póstumos daquele bom senhor e então começaram a fatiar a sobremesa.

Petra foi buscar as garrafas de champanhe que havia guardado para estourar quando alguma de nós se casasse, com certeza não passou por seu cérebro que seria Betina, e eu ajudei a encher as taças e propus um brinde e levantando minha taça falei vamos brindar pelo casamento de Betina com o professor José Camaleón que será realizado em cerimônia civil no dia dois de novembro às onze horas da manhã no Cartório Civil, e como eu já havia dado o anelzinho ao noivo ele enfiou a mão no bolso e colocou o anelzinho no anular da mão esquerda da noiva e beijou-a de leve na bochecha e ela gritava sim... sim... sim...

E depois de parabenizá-los continuei dizendo que logo Betina seria mamãe e que se olhassem bem pra barriga dela notariam que faltava pouco e que embora o noivo fosse meio velho mesmo assim seriam felizes, e naquele momento Anita desmaiou nos braços de Abalorio de los Santos Apóstoles que não conseguiu segurá-la porque era menor do que ela em altura e peso e os dois caíram no chão com grande estrépito e quebraram duas taças.

Anita del Porte se levantou e Abalorio também inocente achou que Anita tinha se emocionado e preferiram ir embora no carro velho dela e Betina continuava gritando sim... sim... sim...

Mamãe estava cochilando e acho que não soube de nada porque tomava calmantes, Rufina, Petra e eu bebemos quase todo o champanhe dos primos misteriosos que deixaram as garrafas e partiram e que segundo mamãe estavam falecidos fazia muito tempo e que nunca poderiam ter sido eles que trouxeram as garrafas. Rufina e o sujeito professor tiraram a mesa, Rufina cantava.

Agora, falei para o noivo de Betina, tem que levar sua futura esposa nos braços até o dormitório que eu lhe dei de presente e verá que a cama é para dois e como o senhor já é praticamente marido pode dormir junto com ela e cuidar dela durante a noite assim Rufina descansa.

Betina ergueu os pseudópodes com mãos e dedos ungulados para o noivo levantá-la e ele a ergueu e foi levando ela para o dormitório e Rufina avisou em voz alta que ele limpasse a cadeira depois, coisa que ela já não faria porque um casal deve cuidar um do outro e o que havia no receptáculo debaixo da cadeira nova era grande porque ao crescer a deficiente faz tudo crescido e que ele tinha obrigações irrenunciáveis e quando fosse dar aulas, se quisesse que ela limpasse a dona Betina deveria pagar porque ela trabalhava para uma família e não para duas, e o noivo com Betina nos braços disse sim para tudo até levá-la ao dormitório novo e, exausto de tanto trabalho e emoções, caiu na cama ao lado de Betina depois de cobri-la com uma manta e então dormiu.

No Cartório Civil

Tudo chega e tudo passa e eu penso que o bebê de Betina vai chegar e vai passar e quando digo que vai passar me dá um tremelique igual ao que dá em mamãe e ela piorou depois da aposentadoria e a família quase inteira para não dizer a família inteira sofre de tremelique ou mal de Parkinson, que horror, não falta nada para nós, acho que falta um pouco de caridade divina e é dessa caridade que o padre do catecismo da comunhão falava e o dia dois de novembro chegou.

Às oito da manhã Rufina, Petra e eu estávamos de pé para usar antes o banheiro que o noivo já estava usando porque ia dar suas aulas e voltaria às dez.

Por último arrumaríamos Betina para que estivesse fresquinha e não fizesse nas calças as necessidades que vocês já sabem pois queríamos, ainda que parecesse impossível, levá-la sem a cadeira... mas como?

Com mamãe não nos preocupávamos porque estava tão abilolada que habitava outro planeta, por isso não a acordaríamos.

Além disso avisamos Abalorio de los Santos Apóstoles e sua namorada Anita del Porte Cavallero que nós os inscrevemos como testemunhas e eles aceitaram por telefone.

Pensei que a trupe iria ao Cartório Civil em dois carros, um deles o de Anita del Porte Cavallero, acrescento que o último apelativo foi a pedido dela pois achava distinto e eu pensei que se ela se casasse com Abalorio seu cartão de visita teria a extensão de uma serpentina, Anita del Porte Cavallero de los Santos Apóstoles, e comentei isso e ela me informou que ainda não tinha concluído o processo do divórcio e mesmo separada continuava usando o sobrenome do marido que era Bragettini Méndez... e, bem, precisava ter paciência... e eu comentei que se por acaso outras ideias passassem por sua mentalidade com relação ao meu futuro cunhado, ela que passasse uma borracha nisso ou Petra e eu passaríamos a borracha nela, e a mulher de olhos verdes me classificou de barraqueira mas não me atingiu porque essa pobre gente que mora em barracos costuma ser boa e ela convivia com um infeliz em quem botava chifres agora e botaria chifres depois e senti pena do dócil ou algo assim Abalorio de los Santos Apóstoles a quem acrescentei Amém.

Às dez da manhã chegou meu cunhado que já estava vestido de noivo e perfumado com colônia Atkinson. Petra vestia um trajezinho listrado que a aparentava mais alta e um chapeuzinho tirolês que também a aparentava mais alta, Rufina usava um vestido de tecido grosso com uma golinha de pele e luvas, eu um trajezinho xadrez do tipo príncipe de gales e calçávamos sapatos de salto não muito altos. Petra usou salto agulha. O chapéu amassava meu penteado de cachos. Tirei. Estava me esquecendo de escrever que Rufina também não usava chapéu porque fez permanente e queria se exibir.

Arrumamos a noivinha com um vestidinho longo e branco de tecido muito delicado, sapatos brancos e meias de seda e um tule de ilusão curtinho em cima da cabeça e a maquiamos, não muito, discretamente.

Estávamos nisso quando o telefone tocou e as testemunhas avisaram que iriam direto para o Cartório Civil na hora marcada e na hora marcada aparecemos todos e já estava lá a moça do Cartório Civil que não conseguiu dissimular certo assombro ao ver Betina nos braços do noivo porque Petra e eu defendemos severamente que a cadeira no Cartório Civil significava mau agouro e o cunhado cumpria ao pé da letra tudo o que lhe propúnhamos.

Às perguntas regulamentares de aceitação ou não o cunhado respondeu sim e Betina também e fez isso normalmente, tanto que a moça do Cartório Civil sorriu achando que a criatura sofria apenas de deficiência somática e depois os noivos assinaram, agora sim com dificuldade Betina que nem terminou o terceiro ano, mas Petra e eu fizemos ela ensaiar durante vários dias, e por último assinou o casal já citado, que disse que estavam atrasados e tinham que viajar à capital e nós voltamos para casa, sem festa porque Betina sujou o vestidinho dela e o paletó perfumado dele.

Resolvi sair para fazer o de sempre, pintar na Belas-Artes, comer no barzinho da travessa Dardo Rocha e esquecer que conhecia o professor José Camaleón, em suma, me aperfeiçoar ao máximo para sobreviver e em todo caso se juntasse mais uns pesos eu compraria uma quitinete e se Petra aceitasse, que viesse morar comigo porque eu intuía que Petra era a melhor coisa daquele sabá daquelas meias-palavras daqueles tremeliques e babas daquelas lembranças de reguadas da infância daquela mãe sem alma daquele pai sem memória e da mais nova dupla ímpar...

Vou tratar de aprender a pôr vírgulas e pontos porque tudo o que escrevo desmorona como se virasse em cima de mim um prato cheio de macarrão sopa de letrinhas e talvez o leitor sinta o mesmo mas não dou conta de tudo de uma vez e também tenho que aprender a questão das maiúsculas e acentuações eu terminei o sexto ano e graças à minha capacidade artística agora frequento concertos, reuniões de artistas e já ganhei vários prêmios de pintura.

Às vezes me lembro de quando pulava em cima daquele professor que agora é meu cunhado quando ele me parabenizava e incentivava, mas os acontecimentos se deram como tiroteios inesperados e acho que não cometi nenhuma ingratidão com o professor porque Betina merece ser respeitada e descobri que dentro de um ser aparentemente bondoso pode se esconder um monstro miserável e pedófilo e aqui termino de fechar mais uma ferida somada a tantas que nunca confessei pois o que não contamos é como se não tivesse acontecido.

Já caía a tarde e fiquei no barzinho quando Petra chegou e me disse que mamãe não estava se sentindo bem e a levaram para o hospital.

Bom... paciência... venha jantar comigo e depois a gente vê.

Mamãe faleceu no hospital e foi levada direto para a funerária como de praxe.

Depois a acompanhamos até o cemitério e vimos como jogavam terra em cima do caixão.

A hora esperada de Betina

Eu havia decidido ignorar tudo o que ocorresse na minha casa que de agora em diante eu considerava a casa da dona Betina e futura mãe, Petra me disse não esquente a cabeça Yuna, espere para ver como Betina sai do parto se é que sai... e eu quase dei uma bofetada nela porque nunca pensei que algo pudesse acontecer com Betina que não fosse parir como fazem todas as mulheres e Petra me explicou que minha irmã estava bem longe de ser como todas as mulheres, e que tomássemos as providências referentes à herança de mamãe considerando que havia um estranho entre nós, e procuramos um advogado amigo entregando a ele títulos e documentos que atestassem o pleno poder dos escassos bens como sendo de minha propriedade, e aqui Petra garantiu que devido à enorme deficiência de Betina tudo seria meu e que eu deixasse as diligências em suas mãos pois ela, pelo exercício da profissão mais antiga do mundo, dispunha de poderosos contatos. Aceitei.

Vou contar uma coisa que aconteceu comigo há bastante tempo quando procurava ovos no meio do pasto do campinho e que nunca pude esquecer e é a única crueldade que já cometi.

No tronco enrugado de uma árvore estava grudado um casulo e como faltava muito para o verão e naquela tarde fazia frio, marotamente e soprando o bafo da minha boca entre as duas mãos eu esquentei o lugar onde o casulo estava agarrado e notei que logo depois ele se abriu e saiu um vermezinho rosado como um bebê mas eu parei de bafejar e o vermezinho caiu morto de frio enganado pela minha maldade e, não fosse por isso, quando o verdadeiro tempo caloroso chegasse ele seria uma borboletinha, e eu compreendi que cometi um crime contra a natureza e chorei de noite muitas noites.

Isso já estava sumindo da minha memória e não sei por quê, mas quando levaram Betina para o hospital isso voltou como se tivesse acontecido recentemente, mas nada é por acaso e tudo tem uma origem comum e vocês vão perceber que quase domino o idioma embora decaia em alguns pontos mas passo a passo vou avançando. Tenham paciência comigo pois sigo com o assunto Betina, e eu não estava lá quando a levaram para o hospital e quem a levou foi o marido, meu cunhado e pai da criatura, e Rufina também foi e quando Petra e eu ficamos sabendo também fomos mas ficamos sentadas sem chegar muito perto porque estávamos muito agoniadas e vimos uma enfermeira sair da sala de parto levando lençóis ensanguentados e correndo pelo corredor.

Naquela hora a história do vermezinho rosado vítima da intemperança foi a única coisa que ocupou meu cérebro, que adverti ter interrompido uma canção de ninar de Brahms que tocava na minha caixinha de música e que eu comprei para dar de presente a Betina quando o bebê nascido chorasse e assim cochilaria ninado pela linda melodia. Mas a melodia parou de chofre como se a caixinha que eu guardava de presente tivesse explodido e meu cunhado saiu feito explosão da sala de parto e ele chorava.

Petra e eu ficamos quietas e o homem chorava secando as lágrimas com um lenço quadriculado muito ordinário e eu fui até ele que quis me abraçar mas recusei e ele me disse e também a Petra que o bebê nasceu, chorou um pouquinho e depois morreu porque o doutor disse que era prematuro e padecia de certas deformações, mas e a Betina?

Betina ficou muito fraca e presumiram que ela não percebeu que tinha perdido o bebê e que era melhor não contar nada, assim se recuperaria... ou sabe-se lá o quê.

Quantos quês...

Petra quis ver Betina e eu fui atrás dela dentro do cenário do crime do campinho como que aprisionada numa moldura da qual não podia sair e Petra chorava como uma camponesa, tanto que pediram para ela não fazer barulho pois acordaria os doentes graves e ela de modo brusco retrucou que a doente mais grave era Betina e a repreenderam de novo e ela ficou quieta e assim entramos na sala de parto onde Betina estava pendurada em cipós plásticos por onde escorria sangue e outros líquidos, e digo cipós me lembrando do campo e daquilo que já contei mas o bebê nós não vimos.

Me afastei e encarei com cara simpática uma enfermeira a quem dei cinquenta pesos para que me informasse sobre o bebê e eu disse a ela que era um sobrinho e ela trouxe um frasco dentro do qual boiava algo parecido com um bebê mas não de todo e perguntei se eles tinham o direito de tratar assim um recém--nascido e a mulher falou que sim por ser digno de estudo, ainda mais com a autorização do pai. A mãe não contava por ser deficiente integral, e seguiu pelo corredor com a peça anatômica que serviria de estudo nas aulas de neonatologia.

Petra quis protestar mas eu a impedi porque já tivemos enterros demais e com certeza o que boiava no béquer significou para mim heráldica familiar, e vocês notarão quantos termos importantes já me pertencem graças ao dicionário.

Disseram que Betina devia ficar internada alguns dias e eu fiz ouvidos moucos porque já tinha colaborado bastante e agora cabia ao pai e Petra concordou, mas não tanto Rufina pois não tinha para onde ir se deixasse a casa que fora de mamãe e que agora seria minha e por que não também de Betina, embora isso eu guardaria a sete chaves.

Deixamos o hospital e o marido com a esposa e Rufina. Petra e eu iríamos jantar, depois ao cinema e depois procuraríamos um lugar de aluguel até ter o suficiente para comprar uma quitinete.

Cor de inverno

Chovia quando saímos do bar e torrenciava quando entramos no restaurante. Estávamos caminhando há um tempo absurdo que parecia fugido dos calendários, porque no final de novembro a temporada estival já está quase definida mas na cidade a umidade se confunde histericamente com os imprevistos e se você leva guarda-chuva não precisa e se vai sem casaco sente frio e se põe o casaco o calor te sufoca... que cidade a nossa, exposta aos quatro ventos que variam temperaturas e desejos de andar ou sentar num banco da praça para meditar e, se você caminhar pelo bosque e com a ponta do pé levantar a greda, sentirá umidades arcaicas como se La Plata tivesse sido construída à força sobre terrenos impróprios e por razões políticas ou não sei por quê, já que nunca entendi de história e a única coisa que eu sei é que gosto da cidade úmida e ameaçadora onde não nos une o amor mas sim o espanto como no verso de Jorge Luis Borges, esse poeta que me seduz pela forma de se expressar que se parece vagamente com a minha forma de me expressar ou eu com ele por respeito. Uma vez o vi caminhando apoiado na bengala e ele tropeçava no cascalho da Capital e olhava com olhos vazios de morto e me deu aflição e pensei que não era Borges mas o fantasma de Borges e atravessei a rua porque notei que a alma dele já estava deslizando e ele a arrastava tristemente e morreu depois durante uma viagem e não está mais no país porque está enterrado na Suíça.

E aquela figura liquefeita de chuva, por assim dizer, se parecia tanto com minhas tristezas que me fez tremer como se eu sofresse do mal de Parkinson da família. Depois o doce fantasma nunca mais me visitou porque não me conhecia e é uma das perdas que lamento mas agora estou com Petra.

Fomos jantar perto da estação ferroviária e depois procuramos um quarto para dormir num hotel próximo porque eu não queria voltar para casa. E tomamos banho num banheiro confortável e acordamos para tomar o café ali mesmo só que no térreo e depois combinamos com o senhor do hotel que voltaríamos porque estávamos procurando um lugar fixo para nos estabelecer, e Petra que tinha muitos conhecimentos me levou a uma imobiliária onde ofereciam aluguéis bastante baratos e não muito longe do centro da cidade e eu disse a Petra que fôssemos ao banco onde eu poupava dinheiro a fim de retirar o suficiente para o aluguel de um mês e depois veríamos.

Escolhemos um apartamentinho de um cômodo, já mobiliado. Paguei a prestação estipulada e Petra foi até minha casa buscar roupa e meus papéis, papelões e telas e tudo o mais, Petra nunca se esquecia de nada e foi até sua casa avisar à mãe, tia Ingrazia, da nossa decisão e me contou que seu pai, tio Danielito, insistiu que podíamos ir morar com eles e ela ficou de falar comigo a respeito e o fez e eu disse que se ela quisesse ficar morando com seus pais tudo bem mas eu não me mudaria do apartamentinho, e ela aceitou de bom grado me fazer companhia e fomos ajeitando tudo e imediatamente me pus a pintar uma tela iniciada antes dos desastres que vocês já conhecem.

Além do mais, quando veio o dono eu disse a ele que gostaria de adquirir o imóvel e quando ele viu a tela me reconheceu,

Yuna Riglos caramba mas é claro... e propôs comprar o quadro quando eu terminasse porque ele também pintava mas como amador e sem pretensões.

Às vezes a sorte me acompanhava sem querer e foi o que aconteceu com o apartamentinho que o dono amante da pintura tirou os móveis que havia e eu mandei trazer os meus, que eram bem menos e davam espaço para a mesa de pintura e o resto.

Fomos assaltadas por uma semana chuvosa outonal que aumentava a carga de lembranças e cada uma de nós começou com suas atividades pertinentes e a única coisa que exigi de Petra foi que nunca fizesse alusão ao passado recente, que eu queria me sentir nova recém-chegada ao mundo como se nascesse de um grande ovo, queria ser uma ave diferente. Qual você escolhe, perguntou Petra, e eu escolhi andorinha que vai e vem e nunca para definitivamente em lugar nenhum, e que ela fizesse o que quisesse e também que não esbanjássemos o dinheiro conquistado como quer que fosse e que não nos importássemos com o entorno porque a única coisa importante éramos nós duas e ela entendeu e me classificou de sábia e que sempre me daria ouvidos e eu respondi que também lhe daria ouvidos, mas que não nos sentíssemos como siamesas e expliquei a ela o que significava siamesas e ela de novo entendeu.

Abriríamos uma conta separada no banco para depositar todo mês e terminar de adquirir o apartamentinho e Petra também aceitou.

Quando eu pintava ao entardecer, o dono do imóvel aparecia e pedia licença para se sentar e eu disse a ele para não falar porque me interrompia e o bom senhor obedeceu e quando Petra voltava ele nos convidava para jantar, o que significava uma economia.

Mas eu tinha que ir à Belas-Artes e a primeira vez que encontrei com meu cunhado tremi um arrepio gelado polar que dissimulei e quando o professor José Camaleón meu cunhado se aproximou fiquei congelada e ele me disse algo que não entendi porque quando não quero ouvir não ouço, e o professor baixou a cabeça e continuou sua caminhada em direção à classe e eu contei os meses que faltavam para terminar o último ano que davam dois e nunca mais passar nem na esquina daquele lugar que eu tinha amado tanto. E chamou minha atenção a palavra amado pois era a primeira vez que eu pronunciava e segui meu caminho na direção oposta à do professor José Camaleón. Nunca soube nem me interessou saber o que ele disse.

Meus quadros requisitados em galerias e locais hierárquicos de exposição enlouqueciam o dono do imóvel onde Petra e eu morávamos, e ele me propôs quitar o que faltava para a aquisição do imóvel se eu facilitasse sua aquisição de uma tela intitulada *Salgueiros no inverno*. Naturalmente aceitei e Petra trouxe um tabelião cliente dela já sabem em quê, e tudo foi realizado formalmente no tabelionato e o tabelião parabenizou o ex-dono do imóvel por escolher um Riglos, mas o considerava mesquinho sugerindo que colocasse ar-condicionado no apartamentinho e o senhor ex-proprietário aceitou e fomos todos jantar num restaurante perto do hipódromo para celebrar o acontecimento.

O senhor ex-proprietário merece ser descrito pois sua gentileza foi grande e ele nunca saberá quantos problemas solucionou para mim. Era um senhor de estatura mediana e muito moreno, o típico senhor comerciante nesse caso mesclado com artista plástico, o que era estranho mas era assim mesmo, e se vestia bem sempre com diferentes ternos e camisas, gravatas, sapatos de marca (notava-se) e tudo de primeira linha com um escandaloso anel Chevalier no dedo mindinho que ele mexia exageradamente para que o diamante brilhasse.

Ele tinha dois carros e não me perguntem as marcas porque de carro não entendo nada, e quando nos convidava ele levava a gente no carro mais bonito pois queria impressionar, a mim não, a Petra sim, mas eu disse a Petra que não queria confusão com esse senhor e que controlasse seus modos porque senão o senhor perderia o respeito por nós. E se ela alguma vez pensou em fazer o indevido bem que se cuidou e quando os convites aumentaram eu fui dando desculpas de trabalho e desde então rarearam. Mas o senhor cujo apelido era Cacho continuava vindo ao entardecer para me ver pintar e eu lhe propus retratá--lo, mas que não pensasse que seria um retrato comum e sim de acordo com meu estilo e ele aceitou emocionado e beijou minha mão. Depois eu lavei.

E Cacho vinha toda sexta às sete da noite para posar. Chegava com um terno branco e camisa rosa sobre a qual caía a gravata branca. Também os sapatos eram brancos. Eu estilizaria o conjunto, sua cara escura de italiano suas mãos gordas de trabalho e aquela postura que adotam para a eternidade, assim acreditam, os que nasceram pobres e enriqueceram sem chegar a um nível social por eles sonhado. Eu pintaria de novo o bom Cacho Spichafoco — seu sobrenome — e ele me adoraria como a estrela-d'alva, eu já estava entrando num campo cultural razoável, tanto que na Escola de Belas-Artes me ofereceram suplências porque o professor José Camaleón estava se aposentando. Aceitei porque já dominava bem a palavra falada e procuraria falar menos e pintar mais.

Uma nova amizade que pode durar

Cacho, cujo nome era Carmelo e o sobrenome vocês já sabem e que para mim simbolizava um dragão esguichando fogo, chegou pontualmente para posar quando eu voltava de dar minha primeira aula na Belas-Artes, que foi boa porque medi minhas palavras e locuções antes de expeli-las como faria o imaginário dragão Spichafoco. O número de inscritos não era notável, de modo que me atrevi a ilustrar com giz colorido algumas expressões alusivas a estilos e maneirismos de artistas de acordo com os tempos e fiquei emocionada quando percebi que os alunos faziam anotações com respeitosa seriedade, porém devo confessar que quando tocou o sinal eu respirei, mas depois da primeira aula já seria mais viável estar à frente da classe com naturalidade e sem temores íntimos e ocultos que pudessem explodir a qualquer momento e que os alunos notassem que quem tentava instruí-los era uma deficiente reabilitada e tirassem vantagem da minha natural desvantagem.

Que bela juventude pensei comigo... sadios e flexíveis como bambus frescos à beira do rio, pálidos ou corados e que olhos naturalmente humanos em seus rostos hábeis por obra de serem bem-nascidos, e que mãos... eu pintaria uma tela sob o êxtase daquela pequena população de anjos, de fadas, de cavalheirinhos gentis que me traziam ao momento presente gravuras e pinturas dos museus visitados e dos livros de arte que ilustravam suas páginas acetinadas com personagens assim, sem dúvida nascidos de um casal humano apaixonado e sem concupiscências e sem incestos que apodrecem o fruto no galho regado por sangues repetidos imundos e pantanosos. Assim os vi saírem para a rua sem dificuldade donos da vida e retornei *in mente* ao ossário, ao funerário estado familiar.

Eu tinha que domar a fera hirsuta que arranhava minhas entranhas, porque eu não era a exceção mas a possibilidade de fuga de um circo extravagante, de uma plêiade infeliz, de um oceano de líquidos fatigados e moribundos, sim, eu tinha que triunfar sobre toda aquela montanha de excrementos e deformações e faria isso pelo menos enquanto as forças vitais da juventude me ajudassem. Os esforços não significavam insignificâncias mas sim horas sem dormir aferrada a livros não só de literatura e artes plásticas como de anatomia, e também significavam conversas dissimuladas com especialistas em sujeitos anormais, e assim minha vida passava e cada aula ou encontro com alunos e professores representava um grande esforço e um medo e depois um suspiro de alívio, porque nenhum soube dos meus padecimentos talvez superados pela qualidade dos meus quadros que valiam mais a cada ano e eram comentados nas capas dos jornais ao lado de outros valiosíssimos. Mas o medo da queda nunca me abandonou porque eu era descendente de genes degeneradas e desengonçadas.

Cacho notou minha fadiga e eu disse a ele que estava voltando de dar aula mas que fôssemos ao bar tomar algo fresco por minha conta, e Cacho ou Carmelo gritou mas era só o que faltava e disse que era por conta dele e saímos. Um sanduíche de presunto e um espumante e Carmelo pediu conhaque e antes de esquentarem sua taça percebi que ele tentava mostrar sua qualidade de gente. E me perguntou se eu não gostava de conhaque e respondi que nunca bebia álcool. Voltamos depois ao meu apartamento onde Petra já estava preparando o jantar. No rosto recém-barbeado, de bigode aparado, Carmelo tinha uma expressão bizarra que quase me fez rir mas me segurei. Pintei bastante. Quanto antes eu terminasse o retrato melhor porque as aulas exigiam horas de preparação, de modo que retratei Carmelo-Cacho tal como era embora com maior fineza de traços e expressão. Prometi o retrato a ele para a semana seguinte e o cobri com uma tela. Mas o tímido modelo não pediu para ver.

Petra continuava cozinhando uma comida simples de raviólis e carne. Ela tinha comprado uma sobremesa na La París, nossa confeitaria mais próxima, e me chamou e fui até a cozinha e Petra me perguntou se eu permitiria convidar o Cacho. Falei que sim mas que não voltasse a convidá-lo pois quanto a convites já bastavam os que aquele senhor nos fazia. Petra entendeu. Mais tarde conversaríamos seriamente.

Petra convidou o agora silencioso Cacho ou Carmelo, que aceitou. Notei como se sentiu feliz e pediu licença para ir comprar vinho ou champanhe?, falei que não bebíamos diante da expressão decepcionada de Petra que bebia, mas ele insistiu porque o cheiro dos raviólis incitava sua itálica natureza de tomar um ou dois traguinhos e não pude me opor, enquanto disse a Petra você tome bebida sem álcool e nunca se oponha ao que eu imponho e eu sei o que estou fazendo e ela aceitou.

Começamos a jantar e Carmelo elogiou os raviólis que Petra disse ter feito com recheio de legumes e que o molho de tomate também era de sua autoria mas eu sabia que no saco de lixo estava a caixa dos raviólis comprados e a caixinha do molho de tomate e senti que algo estava tramando a liliputiana cuja picardia a ultrapassava em muitos metros, e Carmelo pegou pão da cestinha e o molhava glorificando o sabor que o lembrava do molho de tomate que sua *mamma* italiana fazia, porque os Spichafoco eram sicilianos e muito aficionados por massa e ele devorava com avidez a mentirosa elaboração magistral de Petra que ignorava como é perigoso mentir para um siciliano, mesmo que fosse sobre massas. Mais tarde quando acabasse o ágape esclareceríamos muitos pontos obscuros. Os leitores devem admirar meus avanços em escrita embora eu ainda não acerte as pontuações mas prometo corrigir essa parte das pontuações e peço desculpas porque não é possível tudo de uma só vez e em pouco tempo corri tanto quanto uma maratona. Penso ser culta. Serei mais culta se minha natureza frágil permitir.

Acontece que ligamos o rádio para ouvir as notícias e Carmelo perguntou se carecíamos de televisor, e sim, carecíamos, mas não, nem pense nisso, e por que não?, disse Petra e já chega, disse eu seriamente.

Não cabia um televisor porque eu ocupava muito espaço com minha mesa e meus quadros e sobrava um espaço mínimo para as duas caminhas, uma minha outra de Petra e as cadeiras e a mesinha para comer de vez em quando porque eu preferia comer no bar e Petra sei lá onde.

Um televisor é um tirano que manteria Petra na frente dele sem fazer nada e eu me dedicava às minhas cátedras e aos meus quadros. Aqui não cabe, insisti dando explicações e não se falou mais no assunto.

Escutamos o rádio um pouquinho e Carmelo se despediu agradecido. Observei a expressão de Petra. Por nada no mundo eu me meteria em problema algum.

Disse a Petra que precisávamos tratar seriamente do assunto (e não temi nomeá-lo) Cacho Carmelo Spichafoco, porque era disso que falaríamos esclarecendo pontos e vírgulas todos os pontos e vírgulas que preciso aprender a colocar em seus devidos lugares. Enquanto isso, tomaríamos amavelmente um cappuccino cordial. Petra estava um tanto empertigada e não gostei disso.

Petra, eu disse a ela, o senhor Cacho Carmelo Spichafoco já terminou o negócio da compra e venda do apartamentinho e eu não quero ele como amizade porque não sei nada da vida do senhor Cacho Carmelo Spichafoco e, antes de pegar intimidade, espero mostrar a ele que nossa aproximação teve como finalidade a compra do apartamento e que ele não se atreva a oferecer presentes importantes porque somos pessoas trabalhadoras que ganham o sustento com o suor de onde se possa suar e você me entende... Não pense Petra que esqueci as atrocidades que você é capaz de fazer, e não te critico mas esse senhor é italiano e da ilha da Sicília e com essa gente não se brinca porque são ótimas mas se você inventar alguma lorota pode esquecer de ver o dia seguinte, e agora me diz por que mentiu sobre os raviólis e o molho de tomate... você está paquerando esse senhor e é perigoso... eu sei o que estou dizendo e não vou te tirar de mais nenhum apuro e você sabe o que quero dizer e esse senhor vem na próxima semana pelo retrato que lhe darei de presente para cortar o laço de gratidão, se é que existe algum.

Petra desempertigou sua mínima estatura e começou a lacrimejar. E eu lhe disse que nunca estivemos tão sossegadas como agora e devíamos continuar assim, mas como eu não era acostumada a obrigar os outros porque minha natureza não era despótica, se ela tivesse outras oportunidades e quisesse se separar do meu jeito de ser, que se manifestasse na hora.

Petra decide

Fomos para cama e logo em seguida ouvi os roncos de Petra e percebi que minha proposta de futuras disciplinas não surtira efeito nela.

Recostada no meu travesseiro à meia-luz da lua que penetrava pela janela eu via aquela pequerrucha, aquele esboço feminino não obstante todo o sono que me tirava e eu precisava da noite inteira para descansar, bem como do dia inteiro para trabalhar.

Petra carecia de preconceito ou talvez sofresse de incapacidade de considerar horripilantes seus afazeres com o espécime masculino, colocando seu trabalho, chamemos assim, no mesmo nível dos meus trabalhos apesar de mal remunerados pelos caprichos de sua clientela e dos socos e mordidas e chupões no pescoço que lhe serviam para arranjar outros clientes versados na natureza de suas andanças, porque as marcas no pescoço que ela não podia cobrir com maquiagem nem com lenços ou cachecóis a expunham em nudez, em imoralidade, naquilo que ela realmente era e com que tipo de gente cruel ela andava, e por falta de consideração a infeliz ia ladeira abaixo a cada semana depois dos encontros mais fogosos e bem pagos. Eu achava impossível traduzir aquele despojo de humanidade servil, antes não mas sim agora, que com sacrifício ia ganhando terreno na palavra escrita e cursava o último ano de Belas-Artes além de me permitirem, pela qualidade dos meus quadros, fazer suplências em turmas inferiores com excelentes resultados. Como traduzir aquele miserável ratinho humano ou quase humano a quem sempre ajudei e estava apegado à minha não tão normal humanidade, a quem salvei da prisão mas que nunca tentei salvar da existência sombria das bolinadas e carícias pecadoras de velhos casados e solteiros depravados e vá saber do que mais... Fiz muito ou fiz pouco por Petra? Nunca saberia. Jamais saberei.

E no meio daquela noite lunar branca de lua que penetrava eu notei que os olhinhos do ratinho humanoide me olhavam e tentei fingir que dormia, e ela objetou que sabia o que eu estava pensando e que se eu pedisse agora mesmo ela arrumaria sua trouxa e desapareceria dali e que eu não me preocupasse porque ela iria morar com seus pais, tia Ingrazia e tio Danielito, mesmo que o pior dos brutais acontecimentos pulasse a parede medianeira e escalasse a mesma parede do lado oposto e a alma de Carina jogasse na sua cara vá saber que fantasmas, mas que uma só palavra minha decidiria seu futuro e falei para ela dormir pois eu não estava com sono e ia terminar o retrato de Cacho Carmelo e ela abraçou o travesseiro e continuou roncando logo em seguida, tão frágil seu consciente, tão receptivo seu inconsciente.

Mas no meu caso não era assim e enquanto limpava os pincéis, na noite alta e à luz do meu abajur eu tramava situações para propor a Petra. Porque meus alunos maiorzinhos poderiam vir ao meu quarto-ateliê e os rapazes, tomara que não, mas podia acontecer de verem Petra vocês já sabem em que situação.

E Petra era inconfundível.

Com o raiar da manhã terminei o retrato. Cacho Carmelo saiu muito melhor do que era. Ressaltei o anel Chevalier do mindinho por recomendação dele e até brilhava o diamante em sua mãozorra *contadina*. Petra se levantou e foi preparar o desjejum de café com leite e *medialunas*. O rosto da pequena, notei, tinha envelhecido, ou seria apenas imaginação minha.

Ela começou a conversa. E falou que tinha para onde ir caso estivesse incomodando no apartamentinho e eu me apressei em dizer que não incomodava e que ela tinha contribuído com algum dinheiro que, caso decidisse ir, eu lhe devolveria porque quase toda a aquisição foi paga por mim e tudo estava certificado no tabelionato para evitar mal-entendidos, mas que eu não me decidia se queria partir ou ficar tapando certos buracos de preconceitos que eu tinha a obrigação de engolir pelo bem-estar de ambas.

Petra era muito mais esperta do que eu supunha e, bebericando seu café da manhã, confessou que se fosse embora sentiria minha falta pois ninguém nunca a ajudou como eu.

Quanto ao seu trabalho, o mais antigo do mundo, já lhe parecia cansativo e ela agora tinha medo das doenças em voga e preferia ficar no meu apartamentinho mas que eu lhe devolvesse o escasso dinheirinho, que significava uma quantia mínima para que o apartamentinho fosse de minha exclusiva propriedade, o que considerava justo, e aceitei fazer o diligenciamento no tabelionato. Fomos naquela tarde e depois continuei com minhas aulas e com as numerosas atividades relativas à minha especialidade e ela deve ter feito o mesmo e só nos encontramos à noite jantando no bar frugalmente. Aí ela me perguntou humildemente se podia dormir no meu apartamento ou se já não tinha mais direito e então iria para a casa dos seus pais, e eu lhe disse que ela ainda era minha empregada e aumentaria seu salário de cinquenta para cem. Ficou tão contente que foi às lágrimas.

Houve um parêntese demasiado extenso porque nós duas ainda tínhamos que esclarecer situações ou aparar arestas.

De repente quase falamos juntas mas eu dei a vez a ela. Me antecipou que estava em dívida comigo por não ter comunicado algo que mais tarde na hora da refeição me comunicariam tia Ingrazia e tio Danielito, ou seja seus pais, meus tios.

Um lampo ruço passou diante dos meus olhos. Volto como outrora a enxergar coisas que os outros não veem, e na infância e adolescência era o rabo de Betina que significava a alma abandonando-a, mas depois aconteceram ocorrências espetaculares e essas eu nunca vislumbrei.

Petra começou a argumentar situações não muito bem coordenadas e citou seus pais e também Abalorio de los Santos Apóstoles e sua namorada Ana del Porte Cavallero, acho que parou ali e me pediu permissão para fazer um jantar muito íntimo no meu apartamentinho com uma surpresa que ainda manteria em segredo, e que a comida viria de uma rotisseria bastante conhecida na cidade e também os bebíveis e serviços de mesa e ela jurava que seria a última vez que me incomodaria, porque eu estava um pouco incomodada e não era para menos, mas me pedia só mais um tiquinho de paciência e tudo ficaria claro como a água.

Não vou negar que aquele dia eu tive que fazer um esforço durante a aula e que as pinceladas flamejavam e eu sentia uma caótica neurose que consegui superar dizendo para mim mesma que aconteça o que acontecer não significará nada comparado com meus esforços a fim de me superar. Olhei várias vezes o relógio e lembrei de como demorei para aprender as horas e o arrepio gelado, antigo, tremulou minha estrutura e temi que meus tempos retrocedessem.

Veio um entardecer silencioso e ríspido.

Petra estava no meu apartamento desde cedo, talvez nem tivesse saído, de tão limpos e lustrosos que estavam o assoalho e os objetos. Já haviam trazido o serviço de mesa e levado meus quadros, mesa de trabalho e todo o resto para o galpãozinho, e quase me fazem explodir de raiva mas Petra garantiu que aquilo não voltaria a acontecer e fui tomar banho e terminar um trabalho no galpão.

Quando tento fugir da dura realidade objetiva, caio em sopor e acabei dormindo em cima do trabalho no galpão e acordei com vozes conhecidas porém já esquecidas.

Fui ao encontro das vozes e não pude deixar de me admirar tanto pelo público quanto pelo espetáculo, digamos, extraordinário da mesa posta como há muitíssimos anos quando se festejava algum batizado ou aniversário antes do meu pai nos abandonar, e tinham até colocado os castiçais para destacar os víveres e, por que não, também os comensais todos bem trajados, pavoneando, e eu me senti estranha naquele mundo estranho criado enquanto eu pernoitava e pintava no galpão e isso nem fazia muito tempo, e vi Petra diligente que parecia uma vespa indo e vindo de lá pra cá e vi também o casal formado por Abalorio de los Santos Apóstoles e Ana del Porte, e mais adiante Cacho Carmelo Spichafoco e, cumprimentando ao entrar, vi tia Ingrazia e tio Danielito... quem estava faltando? Sim, faltavam o professor José Camaleón e sua esposa Betina, bem aparentada com todos os presentes à exceção do casal Abalorio-Ana. E Rufina entrou portando um buquê de flores da parte do professor e sua esposa, que vocês já sabem de quem se trata, e também uma cartinha para Petra e eu senti que deviam ter sido para mim dona do imóvel mas assim eram as coisas.

Tive a sensação de que mudanças grandiosas se aproximavam e que eu seria a última a saber mas não me importava, desde que me deixassem em paz para trabalhar e viver minhas próprias experiências.

Cumprimentei e cumprimentaram e nos instalamos ao redor da mesa cada um com seu prato e talheres e copo e taça e mandíbulas mordicantes, porque havia tanta coisa que ninguém devia se privar de nada e perguntei a que se devia tanta pompa.

Rufina pediu a palavra e disse que não iria participar e que trazia as flores e a carta porque seus patrões não vinham pois dona Betina não saía de noite assim se despediu e foi embora. Fui atrás e ela me disse que estava pensando em voltar para sua terra natal que era San Luis, porque o senhor e a senhora se bastavam e que eu a desculpasse mas ela estava cansada de limpar a imundície da pobre senhora que não segurava nem xixi nem o outro, e de ver o senhor melancólico, e que era hora de ele limpar ou o que fosse porque ela já não aguentava mais. Fazia sentido.

Petra abriu o envelope e leu querida Petra te desejamos toda a felicidade do mundo mas não podemos ir à sua festa porque não saímos de noite.

Que festa de Petra?, perguntei assombrada e Cacho Carmelo respondeu que ele ia ter a honra de pedir a mão de Petra a seus senhores pais ali presentes, ou seja, tia Ingrazia e tio Danielito, e eu gaguejei e perguntei a Petra por que não me avisou e ela falou que para me fazer uma agradável surpresa e eu suspirei ah...

Cacho Carmelo muito assenhorado olhava para a direita e para a esquerda perscrutando os convivas e viu dentes expostos em sorrisos de aceitação, menos o meu que estava cerrado rezando para santa Rita minha padroeira para que o noivo nunca descobrisse vocês sabem o quê e explodisse como costumam explodir os sicilianos, mas eis que tive outra surpresa quando Cacho Carmelo pediu a palavra, taça de champanhe em riste, brindando por uma senhorita pequena porém de grande coração que teve a desgraça de perder sua irmãzinha Carina e que sempre chorava por ela em seus braços e que assim demonstrava a bondade de sua alma e seu coração como também pelo fato de preferir fazer companhia para sua prima solitária (ou seja, eu) em vez de conviver com seus pais na tranquilidade do doce lar paterno, com o perdão da redundância.

E eu revivia a tragédia do batateiro com as partes pudendas na boca e depois meus apuros junto com os apuros de Petra para fazer sumir os rastros e fingir feito duas mímicas de um palco diabólico aquilo que estávamos escondendo e só agora percebia a periculosidade da anã. Mas dessa vez jurei sair invicta dessa tragicomédia imunda.

E o noivo continuou embalado enquanto os pais da noiva choravam emocionados e os outros, parentes ou não, continuavam sorrindo, e falou que no ano que vem, em janeiro porque já estávamos em dezembro, se casariam na igreja e escolheriam San Ponciano porque Ponciano era o nome do seu avô.

E agora, disse ele, botando a mão no bolso do colete, vamos firmar nosso compromisso com estes anéis e reparem, disse ele, que a joia é de diamante e platina e nem preciso dizer que os anéis são de ouro e trazem dentro nossos nomes e data, a de hoje, e agora vou adornar minha noiva, futura esposa, rogando a ela que faça o mesmo comigo. Aplausos e beijos. Não me lembro de ter levantado da cadeira porque estava abismada e só reagi porque me vi em maus lençóis e aplaudi sem sair do lugar.

Cacho Carmelo insistia em relatar sua aventura e venturoso amor e explicou que o casamento civil seria na manhã da primeira sexta-feira de janeiro e à noite o casamento na igreja e que a noiva usaria um vestido da melhor seda e um véu cuja cauda seria carregada por um sobrinho dele chamado Carmelito e então sairiam de viagem de núpcias para Punta del Este.

E me agradecia por ter sido tão boa com sua futura esposa e que ele nunca se esqueceria disso e então eu fui até o galpão e trouxe o retrato terminado recebido com uma exclamação e Cacho Carmelo me parabenizou e disse como dá para ver bem que meu Chevalier é de diamante puro!, e os outros opinaram que ele estava muito bem-apessoado e ele garantiu que era muito bem-apessoado e digno de sua pequena noivinha, uma santinha.

E eu só queria que tudo tivesse sido um pesadelo. Mas não. E contei os dias que Petra ficaria comigo, desejando que passassem de uma vez.

Então Petra tomou a palavra e disse que os padrinhos do casamento civil e do casamento religioso seriam os mesmos e que tanto ela como seu amado Cachito haviam pensado em tia Ingrazia e tio Danielito, meus tios porém seus pais, e em Abalorio de los Santos Apóstoles e Anita del Porte, e eu senti que a anã nunca gostou de mim, senti que talvez periguei ao lado dela e vi o brilho dos seus olhinhos desbotados me fulminando e o contato daquele pecado capital que é a inveja me deixou arrepiada, e decidi que assim que a mesa fosse retirada e o apartamento ficasse solitário, talvez enquanto Petra cansada dormisse, eu iria para o hotel que eu já conhecia ao menos por aquela noite, depois eu veria, e aquela noite percebi que Petra podia ser perigosa porque havia bebido demais e não tirava os olhos de cima de mim.

Saí quase de madrugada e consegui um táxi que me levou ao hotel próximo à estação ferroviária e me instalaram no mesmo quarto que numa ocasião ocupei com Petra, e como prometi voltar eles acharam que esta seria a ocasião prometida, embora lhes chamasse atenção que eu não trazia bagagem, e expliquei ao senhor que me entregou a chave que no dia seguinte depois de tomar o café da manhã eu iria embora. Quase não dormi e fiquei flutuando naquele estado de semivigília tão desagradável que cansa mais do que ficar de pé a noite inteira e o relógio já marcava três horas da manhã.

Quando quis despertar eram dez horas da manhã e fui tomar banho, não ter roupa de baixo foi algo que me incomodou mas as coisas correram de um jeito que eu tinha que me resignar e minhas aulas começavam às onze. Acomodei minha anatomia o melhor que pude, ninguém notaria a diferença já que eu não usava maquiagem mas precisava da minha pasta e dos meus papelões, nunca me intimidei e embora já dominasse extensamente o vocabulário a neurose sofrida na noite anterior, adverti, enrolava minha língua que era como eu definia certa dificuldade na palavra falada que quase solucionei também, mas os golpes foram terríveis demais principalmente desentranhar a porcariada que recheava a psique de Petra que no fundo era uma delinquente perigosa, e tomara que eu estivesse errada porque quando estamos furiosos carregamos nas tintas de qualquer situação e eu estava furiosa mas não dava para notar, minha impavidez natural sempre dissimulou meus estados de ânimo e assim continuaria e além do mais faltava pouco para os casamentos de Petra.

Depois eu trocaria a fechadura do meu apartamento e minha maior esperança era esquecer... esquecer e continuar melhorando até chegar se possível a aniquilar minha deficiência original. Isso eu não esqueceria. Eu era mais uma peça do excepcional status degenerado, mal e mal aproximado à pura raça humana em sua perfeita natureza.

Tomei o café e paguei minha estadia no hotel e peguei um táxi até meu apartamento e quando entrei às pressas vi Petra ainda na cama e saí com meus apetrechos sem fazer barulho.

Chegando na Belas-Artes, pensei a princípio que não conhecia o edifício e sentei num degrau da escada que dá para o segundo andar. Entendi que outro desgosto me afundaria nas sombras das quais saí com tanto esforço e com esforço me levantei e entrei na sala de aula bem no meu horário. Acho que nenhum aluno notou meu tremor dos primeiros momentos nem qualquer palavra dislálica derrubada pelo caminho e voltei ao universo dos viventes que eu conquistei e merecia.

Fui almoçar no barzinho embora meu estômago não requeresse alimento, quando estou nervosa me acontece isso e pedi um sanduíche e uma bebida sem álcool quando Petra como que caiu do teto ao meu lado e me deu um beijo na bochecha, costume desconhecido na família e eu não disse um a.

Pediu um bife com batatas e outras suculências, ela estava faminta e com a boca cheia começou seu falatório e a coisa inicial foi que Cachito tinha resolvido que esses dias que faltavam para se casar ela passasse morando na casa da família Spichafoco porque a irmã de Cachito, modista fina, estava confeccionando seu vestido de noiva e além disso Cachito achava que seria melhor para ela ficar na chácara de Adrogué, e que essa mesma noite ela se mudaria para a casa da que seria sua futura família, a menos que eu tivesse algum inconveniente e quase gritei imagina, muito pelo contrário, mas me contive.

Continuamos ali, ela comia e eu bebia água esperando mais alguma coisa que, intuía, Petra queria me dizer e não me enganei. E ela me pediu por favor para não convidar o professor e Betina ao seu casamento pois eles não eram apresentáveis, tive que morder a língua para não responder que se olhasse num espelho de corpo inteiro e que se ela entendia o que significava ser apresentável, certamente esconderia sua miserável figura numa ratoeira. Mas me calei. Ela pediu sobremesa gelada e, enquanto se lambia como um gatinho feio, implorou que naquela noite eu recebesse Cachito que queria conversar comigo sobre assuntos importantes e marquei para as oito horas.

Cacho Carmelo (Cachito) Spichafoco preconceituoso

Petra já tinha se mudado. Eu já respirava um ambiente sereno, inaugurado para mim porque eu não devia nada a ninguém e tudo o que me cercava de minha exclusiva propriedade, embora escassa, me pertencia... seria possível? Cochilei na poltrona antiga que adquiri e, entre o lusco-fusco liláceo do sono aprazível, sobre o lençol que deve ser a alma, um vaga-lume entreabriu a noite espessa e vi duas silhuetas caducas não jazentes porém quase, e me neguei a reconhecê-las, sim, me neguei mas insistiram com a força dos desesperados. Falei baixinho Betina e José Camaleón... e na escuridão rançosa dos indesejados eles me olharam por um instante e, fantasmas, finalmente fantasmas para mim, desapareceram.

Às oito horas tocaram. Atendi. Cachito formal e bem-vestido, cheirando a colônia Atkinson, apareceu mais *tano* do que nunca apesar de tanto se lustrar e polir e pediu licença para se sentar, a menos que eu lhe fizesse companhia caso ainda não tivesse jantado, e eu disse que meu estômago não respondia, que não jantaria e assim que ele fosse embora eu iria para a cama e ele disse cedo como as galinhas... Como as pigmeias, respondi, e ele baixou em seguida os bigodes que antes erguiam seu sorriso e exclamou vamos direto ao ponto, pensei em fazer outra piada mas fiquei quieta como sempre faço a tempo.

Ele cruzou as pernas, as curtas pernas *contadinas* ou ordinárias, alisou os bigodes e falou de futilidades e eu repeti direto ao ponto.

Sim, vamos, vamos... respirou. Notei que tinha dificuldade de falar.

Senti que se ele alterasse minha paz recém-nascida eu quebraria uma cadeira na sua cabeça tingida de preto azulado.

Não percebi que com a piada da pigmeia eu dava a deixa para ele arquitetar sua fraseologia, chamemos assim, e foi o que aconteceu.

Yuna, eu entendo que você tenha inveja da sorte da sua priminha, mas cedo ou tarde o Coração de Jesus ajuda os bons de coração, senão, pense só na vida boa que Petra terá... depois da coitadinha, bondosa e decente sofrer tanto nesse ambiente de artistas e boêmios do qual você faz parte, embora tenha sido generosa com a coitadinha, os exemplos dessa gente da noite não lhe fizeram bem e terei de me esforçar para que ela esqueça todas as experiências amorais que correu o risco de ser contagiada, porque até me confessou que tentaram corrompê-la e apesar de não ter citado o nome de ninguém, me perdoe, mas pela descrição eu acho que você quis corrompê-la em diversas ocasiões. Mas Petra não a acusou, não vá pensando isso, e talvez quem quis manchar sua pureza não foi você mas outra artista qualquer... por isso eu lhe peço que não se aproxime da minha futura esposa, nem você nem nenhum daqueles personagens cabeludos e extravagantes que a rodeiam e se insistirem eu farei de tudo para preservar a honra da família e se alguma língua se atrever a caluniar Petra, olha... E tirou do bolso uma navalha sevilhana, acrescentando: eu corto a língua.

Todas as fadigas e tristezas da minha vida caíram feito aguaceiro de inverno sobre o lençol que vocês já sabem e não respondi uma palavra ao horror dessa luva virada do avesso que foi o que expressou o infeliz, o único mais infeliz do que eu porque não teria remédio. Partiu.

E passou dezembro, janeiro, fevereiro, em março comecei as aulas. Eu me sentia recém-nascida, consegui me nivelar, expor, viajar.

Apaguei. Apaguei. Apaguei tudo.

Uma melancolia enorme invadiu minhas pinturas e as valorizou, porque as pessoas ao se verem refletidas na dor podem se consolar um pouco.

Fiquei sabendo que Betina havia falecido e que o professor, em virtude da existência miserável exigida por cuidar da doente, não saía de casa e lembrei que a casa era minha por herança, mas disso eu também me esqueci.

MISTO

Papel | Apoiando
o manejo florestal
responsável

FSC® C011095

A marca FSC® é a garantia de que a madeira utilizada na fabricação do papel deste livro provém de florestas gerenciadas de maneira ambientalmente correta, socialmente justa e economicamente viável e de outras fontes de origem controlada.

Copyright © 2007 Liliana Viola, herdeira de Aurora Venturini
Copyright da tradução © 2022 Editora Fósforo

Direitos de tradução adquiridos por meio da Agencia Literaria CBQ.

Todos os direitos reservados. Nenhuma parte desta obra pode ser reproduzida, arquivada ou transmitida de nenhuma forma ou por nenhum meio sem a permissão expressa e por escrito da Editora Fósforo.

Título original: *Las primas*

DIRETORAS EDITORIAIS Fernanda Diamant e Rita Mattar
EDITORA Mariana Correia Santos
PREPARAÇÃO Andressa Bezerra
REVISÃO Tácia Soares e Eduardo Russo
DIREÇÃO DE ARTE Julia Monteiro
CAPA María Luque
PROJETO GRÁFICO Alles Blau
EDITORAÇÃO ELETRÔNICA Página Viva

Dados Internacionais de Catalogação na Publicação (CIP)
(Câmara Brasileira do Livro, SP, Brasil)

Venturini, Aurora, 1922-2015
    As primas / Aurora Venturini ; tradução Mariana Sanchez ; prefácio Mariana Enriquez. — São Paulo : Fósforo, 2022.

    Título original: Las primas
    ISBN: 978-65-89733-64-5

    1. Romance argentino I. Enriquez, Mariana. II. Título.

22-111225   CDD — Ar863.4

Índice para catálogo sistemático:
1. Romances : Literatura argentina   Ar863.4

Cibele Maria Dias — Bibliotecária — CRB-8/9427

1ª edição
2ª reimpressão, 2024

Editora Fósforo
Rua 24 de Maio, 270/276, 10º andar, salas 1 e 2 — República
01041-001 — São Paulo, SP, Brasil — Tel: (11) 3224.2055
contato@fosforoeditora.com.br / www.fosforoeditora.com.br

Este livro foi composto em GT Alpina e GT Flexa e impresso pela Ipsis em papel Pólen Natural 80 g/m² da Suzano para a Editora Fósforo em outubro de 2024.